PERFEKTE GESCHENKE

Eine Railers Kurzgeschichte

Harrisburg Railers, 12

RJ SCOTT

V.L. LOCEY

Übersetzung

XENIA MELZER

Love Lane Books

Perfekte Geschenke

Perfekte Geschenke - Harrisburg Railers, Buch 12

Copyright 2024 RJ Scott, Copyright 2024 V. L. Locey

Originaltitel: Perfect Gifts − Copyright 2021 RJ Scott, Copyright 2021 V.L. Locey

Cover: Meredith Russell

Lektorat englische Ausgabe: Sue Laybourn

Übersetzung: Xenia Melzer

Proofing deutsche Ausgabe: Eva Melzer

Veröffentlicht von Love Lane Books Limited

ISBN: 9781785646874

Alle Rechte vorbehalten

Die Familie kommt in allen Dingen zuerst. Ganz egal, was es kostet.

Ten kennt das Sprichwort „Kinder und Narren sagen die Wahrheit", aber er hatte nicht erwartet, dass es so ins Schwarze treffen würde. Nach einem Kommentar von ihrer Tochter, denken Ten und Jared über Familienzuwachs nach. Mit dem Adoptionsprozess zu beginnen, ist nervenaufreibend und mit vielen Angstmomenten verbunden – irgendwie so, wie die Railers in letzter Zeit spielen. Zwei junge Männer in ihr Heim und ihre Herzen zu bringen, wird keine leichte Aufgabe sein. Aber mit Geduld, Humor und Liebe könnte diese Straße mit all ihren Schlaglöchern ein wenig leichter zu meistern sein.

Ihre kleine Familie zu vergrößern war immer ein Plan, aber niemand hatte vorhersehen können, dass dieser Vorgang mit dem schlechtesten Saisonbeginn zusammenfällt, den die Railers je hatten. Eine Serie von Niederlagen, ein wichtiger Spieler, der in der Defensive fehlt, ein Kapitän in der Notaufnahme – und auch nur ein einziges Spiel zu gewinnen erscheint unmöglich, ganz zu schweigen davon, das Team in die Play-offs zu führen. Mit harten Entscheidungen konfrontiert, weigert Jared sich, seine Arbeit mit nach Hause zu nehmen, aber das ist schwierig, wenn dein Ehemann bei dieser Serie an Niederlagen ganz vorne mit dabei ist. Sein Fokus ist gestört, weil einer der Brüder, die vielleicht zu ihnen kommen sollen, frustriert und wütend ist und eine gesunde Dosis Misstrauen mitbringt. Jareds und Tens Fähigkeiten als Eltern werden geprüft, aber sie werden alles tun, um einen Platz in ihrem Heim zum perfekten Geschenk für zwei Kinder zu machen, die im System verloren sind.

Widmung

Für meine Familie, die mich und all meine
Marotten und Eigenheiten akzeptiert.
Sogar die Plastikbanane in meinem Holster.
VL Locey

Immer für meine Familie.
RJ Scott

Glossar

Da viele LeserInnen wohl keine eingefleischten Hockey-Fans sind, habe ich hier eine kleine Sammlung der Hockey-Begriffe, die in diesem Buch vorkommen. Eventuelle Fehler oder Ungenauigkeiten bitte ich zu entschuldigen.

Back-to-Back: Zwei Spiele hintereinander.

Bag Skate: Besonders intensives Konditionstraining auf dem Eis; oft eine Strafe für Fehlverhalten.

Breakaway: Eine Situation, in der ein Spieler keine Gegner mit Ausnahme das Goalies zwischen sich und dem gegnerischen Tor hat.

Cheap Shot: Schüsse, die das Ziel haben, den Gegner zu verletzen.

Combines: Spiele vor dem Draft, in dem die Nachwuchsspieler ihr Können zeigen.

Conference Championships: Dritte Runde der Stanley Cup Finalspiele. Es gibt die Eastern und die Western Conference Championship und der jeweilige Gewinner tritt im Finale an.

Corsi-Statistik: Eine relativ komplizierte Statistik, die beim Eishockey genutzt wird, um Schussversuche auf das gegnerische Tor bei einem ausgeglichenen Spiel (gleich viele Spieler in jeder Mannschaft auf dem Eis) abzubilden und so die Schlagkraft eines Teams einzuschätzen.

Cross Net Shot: Spezielle Art Schuss im Versuch, ein Tor zu erzielen. Anstatt direkt auf den Goalie zu zielen, schießt der Spieler den Puck quer zum Netz von einer Seite zur anderen.

Deke: Täuschungsmanöver

Drop Pass: Ein Spielzug bei dem man den Puck rückwärts zu einem Spieler hinter sich schießt, damit dieser Geschwindigkeit aufbauen und so besser vor das gegnerische Tor kommen kann.

Expansion Draft: Wird von der Liga durchgeführt, wenn ein neues Team im Zuge einer *Expansion* Mitglied wird. Spieler aus anderen Teams werden dafür rekrutiert.

Expansions-Team: Teams, die während

mehrerer *Expansions* (Erweiterungen) der NHL beigetreten sind.

Face-off: Eine Art Einwurf des Pucks nach einem Foul oder einer Spielunterbrechung. Findet zwischen zwei Spielern statt. Ist auch der Anstoß zu Beginn des Spiels in der Mitte der Eisfläche.

Farm Team: Zweites Team eines Vereins, das in einer niedrigeren Liga spielt und aus dem Spieler für die NHL rekrutiert werden.

Five-Hole: Bereich zwischen den Beinen des Goalies.

Flex: Die Flexzahl steht für den Kraftaufwand in Pfund, der nötig ist, um die Schlägermitte um ca. 2.5 cm (1 Inch) zu biegen.

Forecheck: Defensivspiel in der Offensivzone (also vor dem gegnerischen Tor), mit dem Ziel, Druck auf die gegnerische Mannschaft auszuüben.

Frozen Four: Hier handelt es sich um die Halbfinals und das Finale der College-Eishockeymeisterschaften.

Goalie: Torhüter

Hat Trick: Hattrick; wenn ein Spieler in einem Spiel drei Tore hintereinander schießt.

Healthy Scratch: So wird ein Spieler bezeichnet, der auf der Bank bleiben muss, obwohl er gesund und spielfähig ist. In der Regel eine Bestrafung für Fehlverhalten.

High Slot Robbery: Die High Slots sind die Bereiche auf dem Eis, die sich direkt vor dem Netz befinden. Wenn ein Goalie einem gegnerischen Spieler dort den Puck abjagt, ist das ein High Slot Robbery.

High Sticking: Ein Foul bei dem der Schläger eines Spielers über die Kopfhöhe des Gegners gehoben wird und Kontakt mit dem gegnerischen Spieler hat.

Icing: Unerlaubter Befreiungsschuss.

Instigation: Anzetteln einer Schlägerei auf dem Eis. Wird mit Penaltys bestraft.

Junior-Liga/Minor/AHL: So viel wie die 2. und 3. Liga im Fußball.

Lines/Block: Angriffsteams, zu denen ein *Center* und zwei *Flügelspieler/Stürmer* gehören. Sie bilden eine Einheit, die während eines Spiels untereinander ausgetauscht werden, da das Spiel sehr anstrengend ist. In der Regel ist ein Block eine Minute auf dem Eis.

Neutrale Zone: Bereich zwischen den beiden Linien, die die Mitte des Eises markieren.

Odd Man Rush: Wenn sich beim Eintritt in die Angriffszone mehr Spieler des angreifenden

Teams dort befinden als des verteidigenden Teams. Je höher die Angreifer in der Überzahl sind, umso höher die Torchancen.

Original Six: Bezieht sich auf die ersten sechs Teams, die in der NHL gespielt haben.

Penalty: Strafe für Fehlverhalten. Die Dauer hängt von der Schwere des Fouls ab.

Penalty Kill: Wenn mehr Spieler des Gegners sich auf dem Eis befinden.

Penalty-Schießen: Vergleichbar dem Elfmeterschießen im Fußball. Findet statt, wenn es nach einer Verlängerung immer noch unentschieden zwischen zwei Mannschaften steht.

Poke Check: Gängigste Methode, um den Puck einem anderen Spieler wegzunehmen; kann von jedem Spieler in jeder Zone angewendet werden. Es handelt sich um eine Art Stochern mit dem Schläger.

Powerplay: Wenn eine Mannschaft aufgrund von Penaltys mehr Spieler auf dem Eis hat als die andere.

Roughing: Zu hartes Vorgehen während des Spiels. Führt zu Penaltys (Strafen).

Saucer: Spezieller Schuss, bei dem sich der Puck wie eine fliegende Untertasse (flying saucer) bewegt.

Shutout: Spiel, bei dem ein Goalie ohne Gegentor bleibt. Sehr wichtig, weil dies auch in den Statistiken auftaucht.

Slap Shot: Scharfer, direkter Schuss auf das Tor.

Slashing: Foul bei dem der Gegner mit dem Schläger empfindlich getroffen wird.

Tape-to-Tape: Pass von Schläger zu Schläger.

Toe-drag: Trick, bei dem der Puck mit dem offenen Ende des Schlägers verdeckt und so vom Gegner ferngehalten wird.

Tryout: Probezeit eines Spielers, in der Regel vor der Saison im Trainingscamp und bei dem vorsaisonalen Spielen.

Turnover: Puckverlust.

Two Way Stürmer: Ein Spieler, der sowohl als Verteidiger als auch als Stürmer agieren kann.

Wraparound: Wenn der Puck hinter dem gegnerischen Netz ist und die Spieler versuchen, um das Netz herum (Wraparound) zu kommen und ein Tor zu erzielen.

Zebra: Bezeichnung für die Schiedsrichter

HARRISBURG RAILERS 12

PERFEKTE
Geschenke

RJ SCOTT &
V.L. LOCEY

EINS

Ten

„In Ordnung, heute hören wir uns etwas Neues an", sagte ich und setzte mich neben Lottie auf den Boden in ihrem Spielzimmer. Sie war von Teddybären umgeben – die meisten trugen Railers-Oberteile – und einem Plüschhasen mit Hängeohren, den sie Patty getauft hatte. Der winzige Tisch war für eine Tee-Party gedeckt und meine Prinzessin trug ein blassblaues, funkelndes Kleid mit gelben Socken und eine Tiara, die aus dem Geweih eines sibirischen Hirsches gemacht war. Ihr Onkel Stan hatte sie ihr von seiner letzten Reise nach Russland mitgebracht. Und mit letzter meine ich wirklich die Letzte. Lange Geschichte, aber Ja, sie war bereit für Tee.

„Warum?", fragte sie, schenkte dabei

Traubensaft in eine winzige Teetasse aus Plastik. Das meiste davon landete tatsächlich in der Tasse, also ein Hoch auf die Verbesserung ihrer Einschenkfähigkeiten.

„Nun, weil wir denken, dass du dir andere Sachen anhören solltest als nur ‚Baby Shark'", antwortete ich, versuchte, meine Beine unter den Tisch zu bekommen. Auf den kleinen rosa Plastikstühlen zu sitzen, war komplett schiefgegangen.

„Ich mag ‚Baby Shark'", informierte sie mich.

Ja, wir wussten, dass sie das tat. Jared war letzte Woche den Tränen nahe gewesen, nachdem der lebhafte Song für kleine Kinder mindestens zehntausend Mal innerhalb eines Tages gespielt worden war. Er überlegte, ob er die Leute bei Guinness anrufen sollte, um zu erfahren, ob das ein Weltrekord war.

„Klar, Dad und ich mögen ihn auch, aber es ist gut, neue Songs zu lernen." Sie musterte mich eindringlich, nickte dann königlich. „Wunderbar. Also, hier sind ein paar Lieder für eine kluge, hübsche Prinzessin-"

„Ich bin eine Kriegerprinzessin."

„Oh, klar, mein Fehler. Hier sind ein paar Songs, die eine kluge, hübsche Kriegerprinzessin kennen sollte." Ich legte mein Handy neben den Sandwiches mit Erdnussbutter und Honig auf den Tisch, die Jared für uns gemacht hatte. Er kam zu spät zum Tee. Charlotte, die Kriegerprinzessin, würde bald ungehalten werden. Ich rief eine nette kleine Playlist mit jeder Menge guter Bands auf. Man musste die Kinder schließlich früh heranführen. „Birdhouse in Your Soul" von They Might Be Giants fing an zu spielen.

Sie schenkte eine weitere Tasse Saft ein, starrte mich dann direkt an. „Wo ist Daddy?"

„Oh, er redet mit Ryker", erklärte ich, wünschte mir, wir hätten immer noch unsere weichen Kissen. Sie hatten letzte Woche ein tragisches Ende gefunden, als unser schokoladenfarbener Labrador-Welpe, Gordie, sie in Stücke gerissen hatte. Der gute alte Borque, der schon etwas ältere Labrador meines Bruders, hatte seinen letzten Wurf gezeugt, bevor er sich aus dem Zuchtgeschäft zurückgezogen hatte, um in der Sonne zu liegen und dick zu werden. Ein angemessener Ruhestand. Ich hoffte, dasselbe in ungefähr zehn Jahren zu machen. Ich war bereits dreißig, also klangen noch zehn Jahre im Spiel vielleicht zu kurz, aber andererseits, wenn die Kopfschmerzen mich erwischten oder ein riesiger

Verteidiger mich in die Bande checkte, schien der Ruhestand viel zu weit weg zu sein.

„Kommen Onkel Ryker und Onkel Jab zu Weihnachten?"

„Ich weiß es nicht, Peanut. Sie haben jetzt eine Ranch und Ryker spielt Hockey, genau wie Daddy und Dad. Wir werden die Daumen drücken."

Sie gab ein Seufzen von sich, das für ihre dreieinhalb Jahre viel zu schwer klang. Dann kreuzte sie ihre Finger. Und ihre Zehen. In ihren Socken, was sie mir zeigte, als Jared endlich zum Tee kam, mit Gordie. Der Welpe war enthusiastisch, um es milde auszudrücken. Er betete Charlotte an und sie ihn, aber sein Energielevel war nicht von dieser Welt.

„Es tut mir leid, dass ich zu spät bin, eure Hoheit", sagte Jared, verneigte sich dann elegant, während Gordie in Richtung der Sandwiches hechtete und beinahe alles umwarf. Der Hund liebte sein Essen. Was ihn zu trainieren einfach machte. Unsere arme Nanny war mit den Nerven am Ende. Nachdem er den Welpen dazu gebracht hatte, Sitz zu machen – sein Hintern berührte dabei kaum den Boden, sein Schwanz wedelte fröhlich, während er versuchte, die Erdnussbutter von seinem Gaumen zu lecken – verdrehte Jared die Augen und suchte nach einem Platz zum Sitzen.

„Warum haben wir die Teekissen noch nicht ersetzt?", erkundigte er sich.

„Es war noch niemand bei Target", informierte ich ihn.

„Ah. Wunderbar. Ich liebe es, für den Tee auf dem Boden zu sitzen."

Das tat er nicht. Der alte Bock fand es mit jedem Jahr schwieriger, aufzustehen. Zum Glück erhob er sich in anderen Positionen immer noch schnell. Ich verspürte immer noch ein intimes Ziepen von unserem Sex letzte Nacht. Ja, die Teekissen wären *wirklich* nett gewesen.

„Dad und Daddy, ich hab' eine königliche Pro-ka-ma-tion zu machen", verkündete Charlotte, nachdem sie etwas Saft in eine Tasse gegossen und diese vor Gordie auf den Boden gestellt hatte. Er leckte ihn auf, verteilte rote Tropfen überall auf dem rosenfarbenen Teppich. Es war gut, dass wir in diesen Teppichreiniger investiert hatten.

„Wenn es um die Pony-Proklamation geht … Ugh, Mist, dieser Boden ist so niedrig", grunzte Jared, als er sich setzte.

Ich tätschelte seinen Oberschenkel, sobald er

unten war. „Wir kaufen einen dieser Liftstühle für den Tee, nur für dich", zog ich ihn auf.

Er warf mir einen finsteren Blick zu, der mich dazu brachte, in meinen Tee zu schnauben. „Du bist so ein Klugscheißer", gab er zurück, während er versuchte, nach hinten zu rutschen – weit genug, um den Tisch zu erreichen, aber so, dass sein Rückgrat immer noch am Fußteil von Lotties Bett ruhte.

„Ich denke nur an deine Bequemlichkeit, Sir Jared von Boomerville."

„Ich bin kein Boomer, vielen Dank auch", murmelte er, seine blauen Augen funkelten vor Humor und etwas Frechem, das mir sagte, dass er mir heute Nacht vielleicht zeigen würde, wie fit er immer noch war. Ich war voll dabei. Die freien Tage zwischen Heimspielen waren für Spielen mit Lottie und Liebe mit Jared da.

„Entschuldigt, aber ich hab' Worte, die off-fisch-ell sind", informierte Charlotte uns.

Gordie setzte sich auf, roter Saft tropfte von seinen Lefzen, um die Königin anzustarren, als ob er auf ein Dekret warten würde.

„Es tut uns leid, bitte, proklamiere", sagte ich und neigte meinen Kopf leicht.

Jared hob seine Teetasse an die Lippen.

„Ich will einen Bruder." Traubensaft flog über den Tisch, Jared spuckte so, dass Gene Wilder neidisch geworden wäre. Gordie sprang auf, um den Saft aufzulecken. Sandwiches flogen überallhin, Saft tropfte aus der Kanne auf meinen Schoß und ihre königliche Hoheit hatte einen königlichen Anfall.

Eine Stunde später, als Lottie und Gordie auf dem Sofa ein Nickerchen machten und wir den Teppich in ihrem Zimmer shampooniert hatten, waren Jared und ich in der Küche und genossen etwas echten Tee. Er trank in letzter Zeit vor allem Honig-Kamillentee, in der Hoffnung, dass auf Koffein zu verzichten ihm helfen würde, besser zu schlafen. Bis jetzt schien vor allem ordentlicher Sex zu helfen, aber es waren erst ein paar Tage vergangen.

„Also, woher denken wir, hat sie das mit dem Bruder?", fragte Jared, während er etwas von dem Honig, den Adler uns geschenkt hatte, in seine Tasse rührte. Ad hatte angefangen, Bienen zu halten. Warum? Keine Ahnung, aber wir alle hatten den Verdacht, dass er in der Umkleide damit angeben wollte, dass er ein Mordsstecher war. Sie hatten herausgefunden, dass Layton allergisch war, darum beobachtete er die Bienen aus der Ferne.

„Wahrscheinlich bei dem Indoor-Spielplatz drüben in Camp Hill heute", sagte ich, während ich einen Stella D'oro Cookie in meinen Tee tauchte. Ich hatte schon ein paar gegessen. Cookies wurden vom Ernährungsberater der Railers *nicht* als gesunder Nachmittagssnack empfohlen. „Sie hat mit Michelle Khan gespielt."

„Oh, stimmt, Mrs Khan hat gerade ein Kind bekommen", antwortete Jared, gab dann noch mehr Honig in seine Tasse. „Einen kleinen Jungen."

„Jep. Sie hat das Baby angegurrt und mit ihm gekuschelt, bis wir gegangen sind. Sie hat sogar das Klettergerüst und die Rutsche ausgelassen, um das Kinn des winzigen Joey zu kitzeln."

Jareds Augen blitzten. Lottie ließ das Klettergerüst und die Rutsche nie aus. *Nie.* Ich hatte schon einige Male hineinklettern müssen, um sie rauszuholen, wenn es Zeit zum Gehen war. Jared – alter Verteidiger, der er war – war zu massig, um reinzupassen. Die Eltern, die sehen hatten dürfen, wie ein Hockeyspieler versuchte, seine Schultern in einen winzigen Tunnel mit aufgemalten Affen an den Seiten zu quetschen, hatten das ziemlich amüsant gefunden. Genau wie die örtliche Presse am folgenden Tag. Nichts spricht so sehr für Professionalität, nachdem man gerade einen neuen

Vertrag über mehrere Millionen unterschrieben hat, wie dabei fotografiert zu werden, wie man sich durch die Affentunnelrutsche quälte.

„Das erklärt es", kommentierte er und fing an, träge durch seine Tageszeitung, *The Patriot News*, online zu blättern. Der Mann sah mit seiner Lesebrille so verdammt sexy aus.

„Ja, nehme ich an." Ich knabberte an meinem Cookie, mein Handy zeigte mir einen zur Hälfte gelesenen Artikel im *The Athletic*, der darauf wartete, dass ich mich ihm wieder widmete. „Du weißt, dass wir darüber nachdenken *könnten*." Das löste seinen Blick von den lokalen Nachrichten. Er musterte mich über den Rand seiner DILF-Brille hinweg. „Was? Es ist nicht so, dass wir nicht darüber diskutiert haben, noch ein Baby zu bekommen. Das war irgendwie immer unser Plan."

„Nun … Ja, ich weiß, dass wir es *diskutiert* haben." Er nahm seine Brille ab, legte sie zusammen und platzierte sie neben der Schachtel mit den Cookies. Er musterte mich eingehend. „Denkst du, das ist etwas, das wir uns näher ansehen sollten?"

„Vielleicht?" Ich griff nach einem weiteren Cookie, mein Blick huschte von dem Keks zu Jared zu dem Fenster, dessen Glas an den Rändern mit etwas Frost bemalt war. Der Herbst war hier und er war herrlich. Wir hatten Kürbisse zu schnitzen, Apfelwein zu trinken und Halloweenkostüme auszusuchen, bevor das Ende des Monats kam. „Sie *ist* immer allein hier."

„Sie ist nicht allein. Sie hat uns, eine Nanny und jetzt auch einen Hund."

„Nun, ja, ich meine nicht, dass wir sie wie Kevin allein zu Hause lassen oder so, es ist nur …" Ich löste den Cookie aus seinem Papier, tauchte ihn dann schnell in meinen Tee, beeilte mich, die Shortbread-Leckerei in meinen Mund zu bekommen. Ich kaute, schluckte dann. Jared saß mir gegenüber und wartete geduldig darauf, dass ich zum Punkt kam. „Na gut, also, das darfst du ihnen *niemals* erzählen – vor allem Brady nicht – aber Geschwister zu haben war ziemlich schön. Die meiste Zeit über."

Er lächelte mich an. „Ich weiß, dass du deine Brüder liebst, sogar wenn sie sich wie herrschsüchtige Arschlöcher aufführen oder deinem neuen Liebhaber eine aufs Maul geben."

Ich lachte bei der Erinnerung, wie Brady sich mit Jared geprügelt hatte, nachdem er uns dabei erwischt hatte, wie wir einander nähergekommen waren. Himmel, was für cinc dämliche Aktion von meinem älteren Bruder. Als wäre ich eine vornehme Dame aus der Regency-Zeit, die von einem verwegenen Grafen beschmutzt worden war und meinen dämlichen froschgesichtigen Bruder brauchte, um meine Ehre zu verteidigen.

„Ja, sie sind meine Brüder, auch wenn sie Idioten sind. Nicht, dass etwas daran falsch ist, ein Einzelkind zu sein. Und wenn wir entscheiden, nur Lottie zu haben, ist das in Ordnung, aber ja, vielleicht ist sie hier in diesem großen Haus einsam, wenn sie nur eine Nanny hat. Wir reisen so verdammt viel. Es könnte nett sein, ein weiteres Kind hier zu haben. Sie könnten einander unterhalten."

„Hmm. Ist es das, was ihr Rowe-Jungs gemacht habt? ‚Einander unterhalten'?" Jareds Blick war schelmisch.

„Manchmal. Wenn die ganze Zeit miteinander zu kämpfen oder sich Streiche zu spielen als einander unterhalten angesehen wird, dann Jep, das haben wir definitiv gemacht." Er lachte warm. „Ich weiß nicht. Vielleicht sollten wir das ernsthaft besprechen. Ich würde wieder eine Leihmutter nehmen, wenn wir diesen Weg einschlagen wollen."

Er nickte langsam, aber seine Aufmerksamkeit hatte sich verlagert. „Wir könnten adoptieren", schlug er vor. Ich schob die Cookies zur Seite, als eine unerwartete Flut an Emotionen durch mich strömte. „Ryker und Jacob sagen immer, dass es mehr als traurig ist, wie viele Kinder sie durch das System wandern sehen. Ich weiß, dass sie ernsthaft darüber nachdenken, Pflegeeltern zu werden und dann zu adoptieren. Vielleicht könnten wir das hier in Harrisburg machen. Es muss da draußen ein Kind geben, das ein gutes Zuhause braucht."

„Ja! Ich bin mir sicher, dass es tonnenweise Kinder gibt, die liebend gern hier bei uns wären. Lottie hätte einen älteren Bruder oder eine Schwester, mit der sie spielen kann, anstatt eines Säuglings, bei dem sie darauf warten muss, dass er groß genug wird, um etwas damit anfangen zu können. Wärst du zu all dem bereit?"

„Ja, ich bin definitiv willens, gründlich darüber nachzudenken. Wir könnten mit den Dauphin County Children and Youth Services Kontakt aufnehmen, um zu erfahren, wie alles abläuft. Dann, sobald wir genauer wissen, was von uns erwartet wird, wenn wir diesen Weg einschlagen, können wir eine fundiertere Entscheidung treffen. Klingt das gut?"

„Das klingt großartig. Kannst du sie jetzt anrufen? Nur um zu sehen, was sie sagen und zu wem sie uns weiterleiten? Ich bin mir sicher, dass wir alle Kriterien erfüllen. Ich habe gerade einen neuen Vertrag über sechs Jahre unterschrieben, der jedes Jahr acht Millionen auf unser Konto spülen wird. Und du verdienst auch nicht schlecht."

„Ich bin mir sicher, dass Geld für uns kein Problem sein wird oder unsere Lebensläufe. Wir sind ziemlich sauber."

„Man hat keine Zeit, sich Ärger einzuhandeln, wenn man Hockey spielt." Er schaute mich mit hochgezogener Braue an. „Oh, nun, stimmt, manche Jungs finden die Zeit."

Er lehnte sich vor, weit genug, um seine sexy Unterarme auf den Küchentisch zu stützen. „Ich werde etwas herumsuchen und eine E-Mail schicken, mit der Bitte um Informationen. Dann können wir später eingehend darüber reden. Keine Cookies mehr. Du wirst morgen Früh von hier zum Susquehanna Art Museum und zurücklaufen müssen, um die ganze Reihe abzuarbeiten, die du gerade verputzt hast."

„Ich kann nichts dafür. Ich mag meine Süßigkeiten." Ich erhob mich, stützte meine Hände auf den Tisch, beugte mich dann darüber, um einen langsamen, feuchten Kuss auf die honigsüßen Lippen meines Ehemanns zu drücken.

Dieser Kuss hätte sich vielleicht zu etwas Heißerem entwickelt, wenn unsere Tochter nicht mit einem langbeinigen Labradorwelpen hereingestürmt wäre, beide auf der Suche nach dem Klo. Jared schnappte sich Lottie und ich holte die Leine von ihrem Platz an der Hintertür. Das Kribbeln von Jareds Kuss lag immer noch auf meinen Lippen, als Gordie und ich hinaus in den kühlen Oktobertag eilten.

ZWEI

Jared

Ich hatte keine Geschwister.

Es lag nicht daran, dass meine Mom und mein Dad es nicht versucht hatten, aber laut ihnen war ich ihr Wunder-Baby und da ich erst gekommen war, als Mom schon zweiundvierzig war und Dad beinahe fünfzig, war ich die letzte Chance gewesen. Wir waren uns nahegestanden. Zur Hölle, sie waren meine größten Unterstützer gewesen, als ich ein Kind war. Dad hatte mich in aller Herrgottsfrüh zum Hockeytraining gefahren, Mom hatte mich angefeuert, Geld gesammelt und eine Million Brownies für Busfahrten gebacken. Mom war ein Jahr, bevor ich gedraftet worden war, gestorben, Dad hatte scheinbar gewartet, um zu sehen, wie ich meinen Platz im Hockey bekam, bevor er ebenfalls gestorben war. Ich nahm an, dass er an gebrochenem Herzen gestorben war, und ich war mir sicher, dass wenn Ten mich verlassen würde, es für mich dasselbe wäre. Obwohl, wenn Lottie noch klein wäre, wenn sie mich brauchte, wenn irgendeines unserer Kinder uns brauchte, würde ich so einfach aufgeben? Ich hatte meinem Dad nie einen Vorwurf wegen seiner Trauer gemacht – ich war bereits draußen in der Welt und er war über siebzig und eines Lebens ohne Mom so müde. Ich wünschte mir dennoch, dass ich die bedingungslose Liebe dämlicher nerviger Geschwister um mich hätte, wie Ten bei seiner Familie.

Ich war neidisch auf ihre lockere Vertrautheit und ihre gemeinsame Vergangenheit und war es schon immer gewesen. Weniger, seit ich in die Rowe-Familie gezerrt worden war, aber ein eigenes Geschwister wäre nett gewesen.

Ich hatte immer einen Bruder oder eine Schwester für Ryker gewollt, aber Casey und ich hätten niemals zusammen funktioniert und Ryker war unser einziges Kind. Er hatte Schwestern von Casey und ihrem zweiten Mann und sie standen sich nahe. Ich konnte mir vorstellen, wie er an ihren Hochzeiten teilnahm, bei Abschlüssen, für sie da war, wenn sie ihn brauchten.

Ich wollte für Lottie ebenso sehr Geschwister wie Ten. Mir war das nicht klar gewesen, bevor er darüber gesprochen hatte und ich war entschlossen, die Dinge voranzutreiben. Unglücklicherweise war an meinem Laptop zu sitzen, bereit eine E-Mail an die Dauphin County Children and Youth Services zu schreiben, eine Übung darin, nach ein paar abgebrochenen Versuchen auf einen leeren Bildschirm zu starren. Ich nahm an, es half nicht, dass meine erste E-Mail mit einem Satz angefangen hatte, der im Grunde sagte, wir sind schwul, wir sind verheiratet, kommt damit klar – wahrscheinlich nicht die beste Angriffstaktik – wobei Angriff das operative Wort war.

Die zweite E-Mail erwähnte Ten und mich als Paar nicht und die Ehe war angedeutet und klang entschuldigend. Um Himmels willen!

Ich löschte sie sofort wieder.

Es ging also darum, eine gute Mischung zu finden, und das schien mir nicht gelingen zu wollen.

Ein Klopfen riss mich aus meinen Gedankenprozessen, die in einer Sackgasse gelandet waren, und nachdem ich „Herein" gerufen hatte, brachte die sich öffnende Tür mich dazu, meinen Laptop zu schließen. Was Ten und ich als Paar machten, was nichts mit den Railers zu tun hatte, ging niemanden etwas an. Ich hatte viel zu viele neugierige Leute in meinem Büro, die allein aus meinem Gesichtsausdruck zwei und zwei zusammenzählen konnten, weil er, wie Ten behauptete, transparent war. Obwohl ich dachte, dass er derjenige war, der die besten Einsichten in mein Hirn hatte.

„Coach, können wir reden?"

Tanner Bonetti, oder T-Bone, wie das Team ihn nannte, war ein Junge frisch aus dem Sommer-Draft, war von uns in der fünften Runde ausgewählt worden und hatte einen Zwei-Wege-Vertrag bekommen, arbeitete vor allem in der AHL, bis Arvy sich eine Sehne gerissen hatte und plötzlich war Tanner befördert worden, um mit den Schwergewichten bei den Railers zu spielen. Er hatte eine gute Leistung gezeigt, musste immer noch an seiner Geschwindigkeit arbeiten, reiner Kraft und daran, sein Spiel nicht ständig zu hinterfragen, aber er war erst zwanzig und talentiert und, was das Beste war, er passte gut zu dem Stil, den die Railers spielten. Es wäre sehr leicht für das Team, sich die ganze Zeit auf Tens Können zu verlassen, aber es musste um unseren Star herum robust sein, von Stan zwischen den Rohren bis hin zu diesem neuen Jungen mit den großen Augen und der Entschlossenheit, die von ihm abstrahlte. Nur dass er im Moment gerade nicht entschlossen aussah, er sah aus, als würde er gleich anfangen zu weinen.

„Klar, komm rein."

Er schloss die Tür hinter sich, was gar nicht ominös war und setzte sich dann mir gegenüber hin. Ich hatte schon alle möglichen Verteidiger in meinem Büro sitzen gehabt, die mir eine ganze Menge unterschiedlicher Dinge erzählt hatten, vom Außergewöhnlichen bis hin zum Albernen – einmal ein Vorfall mit einer Echse bis hin zu einem anderen mit seinen Sorgen über seine Mom und ihren neuen festen Freund. Mein Job war es nicht nur, das Spiel zu coachen, sondern zu verstehen, wie der Verstand eines jeden Mannes funktionierte, in ihre Köpfe einzudringen und das Beste aus ihnen herauszuholen.

„Ist alles in Ordnung?" Während ich die Frage stellte, lehnte ich mich auf meinem Stuhl zurück und rutschte absichtlich ein wenig vom Schreibtisch weg, versuchte, nahbar zu wirken und überhaupt nicht stur und fokussiert.

„Es geht nicht um mich", sagte er zögerlich und konnte mir nicht wirklich in die Augen sehen.

„Geht es um einen Freund?", ermutigte ich ihn

sanft. Wenn er über etwas reden wollte, bei dem *ein Freund* einen Rat brauchte, dann war das noch etwas, an das ich gewöhnt war. *Mein Freund hat dieses Problem mit einem Strafzettel für zu schnelles Fahren. Mein Freund kann nicht verstehen, warum er an seinen Wendungen arbeiten muss ...*

Er blinzelte mich an, neigte dann seinen Kopf, als würde er einen Moment Zeit brauchen, um nachzudenken. „Nein", sagte er leise. „Es geht um meinen Bruder."

Die Geschwister Bonetti waren ernsthafte Konkurrenz für die Rowe-Familie. Alfie, der Älteste, spielte oben in Vancouver, Levi war in L. A. und beide waren sie hervorragende Stürmer, die sich einen Namen machten.

„Welcher?"

„Levi, mein ... der mittlere Bruder, er spielt in L. A.?"

„Ich kenne Levi." Wenn man in eine Dynastie aus Spielern heiratet, lernt man andere, die sich in derselben Situation befinden, ziemlich schnell kennen, vor allem, wenn sie in jeder Menge Artikel mit der Rowe-Familie verglichen wurden. Ich wusste, dass ich voreingenommen war, aber niemand aus der Bonetti-Familie war so gut wie mein Ten. *Hashtag unfassbar voreingenommen.*

„Er ist, ähm … er ist …" Tanners Gesicht verzog sich und ich wusste nicht, was ich tun sollte, als Tränen an seinen Wangen nach unten rollten. „Er ist …" Seine Worte waren abgewürgt.

Ich stand sofort auf und verließ meinen Stuhl, zog ihn mit mir, schnappte mir die Schachtel Taschentücher, mit denen ich das Whiteboard reinigte und reichte sie ihm, während ich mich neben ihn setzte. Ich wusste nicht, was ich tun sollte, aber ich legte eine Hand auf seinen Arm und er lehnte sich zu mir, als müsste er sich vergewissern, dass ich da war.

„Es ist alles gut", beruhigte ich ihn und tätschelte sanft seinen Arm, wünschte mir, es wäre jemand im Raum, der wusste, was man jetzt am besten sagen sollte.

„Ist es nicht", schluchzte er plötzlich, und verdammt, es war schmerzhaft, jemanden mit so viel Emotion und Schmerz weinen zu sehen, die aus irgendeinem tiefen dunklen Ort hervorgezerrt wurden, wo die Trauer wohnte.

„Es ist in Ordnung", wiederholte ich. „Ich bin da, rede mit mir."

Er nahm ein Taschentuch, putzte sich mehrmals die Nase und wischte sich dann die Augen. Er trug ein Trainings-T-Shirt und eine

Jogginghose und er sah kleiner aus als einen Meter neunzig, ganz auf dem Stuhl zusammengesunken.

Ich dachte angestrengt nach – ich wusste, dass Genevieve heute hier war, unsere Team-Psychologin, und vielleicht war sie besser geeignet, Tanner zu helfen. „Ich kann dir zuhören, wenn du das brauchst, oder ich kann Genevieve herholen, wenn du-"

„Er ist mein Bruder, weißt du, er ist mein Held."

Okay, es ging hier also um etwas zwischen Brüdern?

„Das verstehe ich." Ten gab es nicht oft oder gerne zu, aber er verehrte Brady und Jamie und obwohl sie Rivalen waren, waren sie in erster Linie Brüder. Geschwister, die füreinander da waren, in guten wie in schlechten Zeiten, die in der Lage gewesen waren, so ein starkes Band zu formen, dass sie zusammen besser waren als getrennt.

„Er hat immer mit mir trainiert, weißt du, weil Alfie älter war und in der ersten Runde gedraftet wurde und so schnell weg war, darum waren Levi und ich für lange Zeit nur zu zweit und dann ist er gegangen und ich war allein und ich habe ihn für eine Weile verloren. Wir haben uns geschrieben und uns getroffen, aber wir waren getrennt. Wir waren alle drei getrennt und sie waren diejenigen, die mich wirklich kannten." Er stoppte wieder, Tränen sammelten sich in seinen Augen, ließen das Blau in winzige Diamanten zerspringen. „Ich habe es so sehr gehasst, von ihnen getrennt zu sein." Er riss an dem Taschentuch und ich hielt ihm den Mülleimer hin und ein paar Ersatz-Taschentücher, die er nahm. „Aber wir waren immer füreinander da, verstehst du?"

„Ja."

„Er war … er hat … Krebs." Mein Magen drehte sich um. Ich hatte gehofft, dass es sich um einen Streit zwischen Geschwistern handeln würde oder irgendetwas anderes, das nicht ernst war. „Medullärer Schilddrüsenkrebs und sie hoffen … aber sie können es nicht sagen, bis … ich kann nicht … ich weiß nicht …"

„Es tut mir so leid", murmelte ich.

Er hob seinen tränenerfüllten Blick zu mir. „Ich weiß nicht, was ich tun soll", sagte er. „Wir haben am Telefon geredet, aber ich wollte … ich muss …"

„Ihn umarmen?"

„Ja." Er nickte. „Ich will ihm sagen, dass, was auch immer passiert, dass Alfie und ich, wir immer zu ihm stehen werden und dass … Fuck!" Er brach erneut zusammen.

Dieses Mal rutschte ich näher und legte einen Arm um seine Schultern. Sein Bruder hatte Krebs und das rief eine Million grauenvoller Gedanken auf den Plan. Ich warf einen Blick auf den Spielplan. Wir hatten zwei Auswärtsspiele, in Boston und Dallas, aber dann waren wir in L. A. und ich fand eine Lösung, die funktionieren konnte.

„Geh nach Hause, Tanner, persönliche Gründe. Nimm dir eine Woche frei, als Healthy Scratch, wir treffen uns zum Training in L. A. für das Auswärtsspiel am Dreiundzwanzigsten."

„Wirklich?" Er sah hoffnungsvoll und gleichzeitig am Boden zerstört aus.

„Ich werde das alles klären. Nimm deine Sachen, flieg nach L. A.. Ist er immer noch in L. A., oder ist er nach Hause geflogen?"

„L. A. – Mom und Dad sind gestern hingeflogen."

„Geh, sei für ihn da, okay? Die Familie ist das Wichtigste."

Er lehnte sich kurz in meine Umarmung, als ob er Kraft aus mir ziehen müsste, dann stand er auf und reichte mir seine Hand, die ich schüttelte. „Danke, Coach."

„Das ist in Ordnung, wir stehen zu dir. Darf ich fragen, ob das schon allgemein bekannt ist?"

„Morgen wird eine Pressemitteilung herausgegeben. Im Moment weißt es nur du."

„Okay, das bekommen wir hin. Geh zu deinem Bruder, Junge."

Ich hatte noch nie jemanden sich so schnell bewegen sehen, als er das Zimmer verließ und davonsprintete. Ich saß sehr lange schweigend da. Ten war am Boden zerstört gewesen, als Brady sich zur Ruhe gesetzt hatte. Brady und Jamie waren für Ten dagewesen, als er verletzt gewesen war. Sie waren Brüder, in den glücklichen Zeiten, wie den Cup in die Höhe zu stemmen, bei Familienfeiern, Taufen, Hochzeiten … und in den schlechten Zeiten. Als ich mit dem Nachdenken fertig war, ging ich zum Management, erklärte ihnen alles, versicherte, dass ich einen Ersatzplan hatte, um sie zu beruhigen, nahm ihre guten Wünsche für die Familie an und redete dann mit dem Head Coach. Er machte sich keine Sorgen, weil ich Tanner hatte gehen lassen, wenn überhaupt hatte er so Abstand von den Tränen und der Verzweiflung, die ich gerade miterlebt hatte und konnte die Situation nüchtern betrachten. Tanner wäre auf dem Eis keine Hilfe, wenn seine geistige Einstellung nicht stimmte. Das war professionelles Hockey und bei der Jagd um den Cup wurden keine Gefangenen gemacht.

Dann saß ich wieder an meinem Schreibtisch, starrte ein Foto von Ten und Lottie an und plötzlich wusste ich, was ich den Children and Youth Services schreiben sollte, aber bevor ich es abschickte, musste ich Ten noch vortragen, was ich geschrieben hatte. Ich wusste, dass er sich in der Abkühlphase nach dem Training befand, und ich fand ihn plaudernd mit Adler, über Mäuse oder Katzen oder Mäuse, die so groß wie Katzen waren, doch als ich seinen Blick einfing, wurde er sofort ernst.

„Was ist los? Geht es um Lottie?"

„Nein, aber können wir reden?"

Er runzelte die Stirn, weil er mich so gut kannte, und dieses können wir reden klang so ernst, aber er folgte mir zurück in mein Büro und schloss die Tür, damit wir unsere Privatsphäre hatten.

„Was ist los?", fragte er erneut.

„Nichts, ich meine, alles. Nein, hör zu …" Fuck, keine gute Art, anzufangen. „Ich habe versucht, diese E-Mail an die Children and Youth Services zu schreiben, ja?"

Seine Schultern sanken nach unten, nachdem er

sie vor Sorge hochgezogen hatte, und sein Gesichtsausdruck entspannte sich. „Ja?"

„Und ich hatte all diese tollen Worte und ich wurde defensiv, habe erwartet, dass sie es lesen und sofort ablehnen würden, aber dann war Tanner hier und …" Es stand mir nicht zu, zu erzählen, was Tanner gesagt hatte, und ich wusste, dass Ten das verstehen würde. „Lass uns einfach sagen, dass es mir eine neue Perspektive vermittelt hat."

„Na gut, jetzt bin ich verwirrt." Ten nahm einen Stuhl und beugte sich vor. „Willst du damit sagen, dass du es dir noch einmal überlegen möchtest?" Er hielt seinen Gesichtsausdruck neutral, aber ich kannte ihn zu gut und ich konnte sehen, dass die Frage für ihn sehr wichtig war.

„Nein, Himmel, nein. Ich will es mehr als zuvor. Ich möchte, dass Lottie ein Geschwister bekommt. Hör zu, es ist einfach, wenn ich dir vorlese, was ich geschrieben habe, okay? Dann kannst du mir sagen, ob du denkst, dass ich über das Ziel hinausschieße oder so."

Ten rutschte auf seinem Stuhl herum und zeigte mir sein bestes ernstes Gesicht, strich sich seine Haare aus der Stirn, damit er mir seine volle Aufmerksamkeit schenken konnte. „Lies vor."

„Okay, also, lieber wer auch immer. Ich habe

noch keinen Namen, an wen ich es schicken soll, es ist alles allgemein gehalten."

„Damen und Herren? Oder einfach nur ein Hallo?"

„Hallo kommt mir nicht sehr professionell vor, aber Damen und Herren klingt so alt und vertrocknet", murmelte ich und fügte den Damen-und-Herren-Teil trotzdem ein. „Jedenfalls, sehr geehrte Damen und Herren, ich schreibe Ihnen, um ein Treffen zu vereinbaren, um über Pflegeelternschaft oder Adoption zu sprechen. Mein Ehemann und ich haben eine Tochter, Charlotte, dreieinhalb, und wir haben ein wunderbares, stabiles Zuhause, das Kinder als Teil der Familie willkommen heißen würde." Ich räusperte mich und warf einen Blick auf Ten, der zustimmend nickte. „Wir haben zunächst über eine Leihmutter nachgedacht, aber der Ehemann meines Sohnes besitzt und leitet die Mountain Vista Ranch und sie lassen sich gerade registrieren, um ältere Kinder zur Pflege aufzunehmen, die kein Zuhause oder eine Familie haben." Ich hielt erneut inne, um zu atmen, erkannte, dass ich diesen Abschnitt ohne Luft zu holen vorgelesen und dass mein Brustkorb sich verengt hatte. „Mein Ehemann und ich haben eine starke Ehe, wir reden regelmäßig miteinander und geben alles, um sie täglich besser zu machen, und wir arbeiten beide hart an unseren beruflichen Karrieren und daran, ein Heim zu schaffen, in dem jedes Kind sicher ist. Wir wollen ein älteres Kind adoptieren oder Geschwister, die zusammenbleiben möchten, und wir glauben, dass wir ihnen die Chance geben können, Teil einer wunderschönen Familie zu werden, die sie lernen können zu lieben, und wir können sie ebenfalls lieben. Wir würden immer für sie da sein, von der Schule bis hin zu ihren Karrieren, Treffen mit Freunden bis hin zu Beziehungen und wir versprechen, dass wir zusammen mit ihnen lernen werden. Ich freue mich darauf, von Ihnen ein Datum für ein Treffen zu bekommen. Jared Madsen-Rowe."

„Wow", sagte Ten.

„Ist das zu viel? Nicht genug? Ich habe unsere finanzielle Stabilität nicht erwähnt, aber wenn sie mich googeln und dich finden und wir können beweisen-"

Er schnitt mir mit einem Kuss, der einer hinterlistigen Ninja-Bewegung folgte, die ich nicht hatte kommen sehen, das Wort ab.

„Perfekt", flüsterte er und küsste mich erneut, berührte sanft meine Lippen mit seinen. „Ich liebe dich und was auch immer unsere Familie wird, es wird wunderbar sein."

„Ich liebe dich auch."

Wir umarmten uns und er streckte die Hand aus und drückte auf *Senden*, bevor ich ihn aufhalten konnte. Ich schaute zu, wie die E-Mail vom Bildschirm verschwand und plötzlich wollte ich sie für eine letzte Rechtschreibprüfung zurückholen, aber dann dachte ich mir, dass dies wahrscheinlich nicht der wichtige Teil war – es war wichtiger, dass sie wussten, wie viel Liebe wir zu geben hatten und wie unbedingt wir eine Familie schaffen wollten, die wichtig war.

Ich hoffte, dass es ausreichte.

DREI

Ten

Im Ernst, wie verdammt lang dauerte es, bis jemand auf eine E-Mail antwortete?

Es waren beinahe acht Stunden vergangen. Ich schaute erneut auf mein Handy, während wir uns für ein Spiel gegen Arizona anzogen, eines von nur zwei, die wir dieses Jahr gegen das Team von der Westküste spielten. Jemand schlug mir auf die Schulter. Ich sprang hoch, mein Handy fiel mir aus der Hand und zwischen meine mit Socken bewehrten Füße.

„Ich kann es erklären", brabbelte ich, weil ich mir sicher war, dass Coach mich gerade mit meinem Telefon erwischt hatte. Der Mann hasste Handys in seinen Umkleiden.

„Suchst du nach Kürbisrezepten für den

Herbst?", fragte Stan, parkte dabei seine große Gestalt neben mir. „Ich mache Kürbissuppe für Party dieses Jahr. Außerdem ziehe ich mir super Überraschung an." Er nickte ruckartig, seine grauen Augen funkelten.

„Kommst du als Elvis aus den Fünfzigern, Elvis aus den Sechzigern oder Elvis aus den Siebzigern?", fragte ich und beeilte mich, mein Handy zurück in meinen Spind zu räumen.

„Ha! Großige Überraschung für dich! Ich komme nicht als Elvis dieses Jahr." Ich starrte meinen Freund mit offenem Mund an. „Es stimmt. Ich komme als Priscilla und Erik ist der King."

„Wow", murmelte ich, versuchte, mir Stan mit einer aufgebauschten Perücke vorzustellen. Ich wollte wetten, dass sie ihm gut stand. „Also geht Erik als Elvis."

„Ja. Er ist groß aufgeregt und hat seinen schüttelnden Hüfttanz geübt. Warum machst du vor Spiel eine Romanze mit Desaster?"

Ich schaute mich um. Alle waren damit beschäftigt, sich anzuziehen. Adler saß am anderen Ende der Umkleide und las ein Buch über Bienen. Wenn man etwas geheim halten wollte, erzählte man es nicht Adler. Er konnte seinen Mund nicht halten.

„Na schön, ich erzähle es dir, aber du musst es unter Verschluss halten."

Er starrte mich leer an. „Warum verschließe ich es? Läuft es aus?"

„Nein, das ist nur eine Redewendung. Sag es noch niemandem, weil es zu diesem Zeitpunkt nur ein vielleicht ist."

Verstehen dämmerte in seinem Gesicht herauf. „Ah! Ja. Ist geheime Neuigkeit. Oh! Hast du herausgefunden, dass du eine versteckte Tür in deinem Haus hast, die an magisch animierten Ort führt, mit singenden Männern und großen gelben U-Booten?"

„Ich … was? Nein, keine geheimen Türen. Hast du dir gestern Abend *Yellow Submarine* angeschaut?"

„Habe ich! Ist hauptsächlich sehr gut, aber verwirrend. Erik sagt, es würde mehr Sinn ergeben, nachdem man Pilz gegessen hat, darum habe ich Pizza mit Pilzen bestellt, aber es wächst kein Verständnis."

„Ja, ich glaube, er meinte eine andere Art Pilz, Kumpel." Ich schlug auf seinen dicken Oberschenkel und beugte mich dann vor. Er tat dasselbe. „Das ist absolut geheim."

„*Da*. Ja. Lippen sind zugeschlossen." Er machte die Lippen-Schlüssel-Bewegung.

„Cool. Also, Jared und ich überlegen, eventuell ein weiteres Kind zuerst zur Pflege aufzunehmen und dann zu adoptieren."

Seine rauchigen Augen weiteten sich. Dann umarmte er mich so heftig, dass es mir die Luft aus den Lungen drückte, mit schweren, heftigen Schlägen, die wirklich ein wenig wehtaten. Ich habe vielleicht ein bisschen gegrunzt, weil Adlers Kopf nach oben ruckte und er seinen Blick auf mich richtete.

„Was ist da drüben los?", schrie Adler. Alle Augen richteten sich auf Stan und mich, wie wir uns umarmten. „Hast du etwas über T-Bones Bruder gehört?"

„Nein, noch nichts." Ich löste mich aus Stans Griff, warf ihm einen festen Sag-kein-Wort-Blick zu. Alle seufzten, lasen dann weiter über Bienen oder zogen sich an oder schlugen sich mit feuchten Handtüchern.

„Ich freue mich sehr viel für dich", flüsterte Stan. Luca Reynolds, die andere Hälfte der Verteidigung in unserem ersten Block, der mit Arvy arbeitete, warf mir aus ein paar Schritten Entfernung einen komischen Blick zu. Mann, die waren alle so neugierig. „Wie du weißt, bin ich groß dafür mehr Kinder und Hunde in Haus zu haben, das am glücklichsten ist mit Topf Kartoffeln und Lauchsuppe!"

„Danke", sagte ich, während ich versuchte, den Zusammenhang zwischen Kindern und Hunden und Töpfen voller Suppe zu finden. Ich gab nach einer Minute auf. Es war am besten, über einige der Dinge, die mein bester Freund von sich gab, wenn er aufgeregt war, nicht zu genau nachzudenken. „Aber es ist im Moment nur eine Idee. Sie wollen vielleicht nicht, dass ein schwules Paar ein älteres Kind adoptiert."

„Pah!" Er wedelte mit einer riesigen Hand vor meinem Gesicht. „Schwul sein ist gut für adoptieren! Hat man diverse Eltern für glückliche Kinder. Ich werde für dich sprechen, wenn sie sagen, schwule Eltern sein ist nicht gut. Ich bin gut im Sprechen. Sie werden zuhören. Wenn nicht, werde ich sie überzeugen. Ich kenne Leute."

„Oh, hey, wow, danke für das Angebot, aber ich bin mir sicher, dass alles gut gehen wird. Ich bin nur gestresst. Oh, wow, Mann, schau, wie spät es ist!" Ich deutete auf die Uhr über der Tür. „Du solltest dir besser deinen Goalie-Kopf aufsetzen."

„Ah. Ja, ich gehe jetzt, um bereit zu machen und Goalie-Kopf zu finden." Er stand auf, beugte sich vor, küsste mich auf den Kopf und wanderte zurück zu seiner Seite der Umkleide. Luca starrte mich mit gerunzelten Brauen an.

Ich ignorierte Luca und zog mich an, begierig darauf, aufs Eis zu kommen und etwas von dieser nervösen Energie abzuarbeiten. Arizona hatte hart gearbeitet, um ein ernst zu nehmendes Team zu werden. Sie hatten mit Colorado Penn einen großartigen Goalie im Netz und ihre Stürmer wurden von Tate Collins angeführt. Ihre Verteidigung war jetzt beängstigend groß und stark, angeführt von Vladislav Novikov, auch bekannt als der Eisberg.

Tate und ich hatten eine gemeinsame Vergangenheit – wir hatten beide für Dallas gespielt, bevor wir zu unseren jetzigen Teams gekommen waren. Ich kannte ihn ziemlich gut. Ich kannte auch Penn gut. Wir hatten uns bei den letzten Olympischen Spielen ein Zimmer geteilt und er hatte sich als viel tiefgründigerer Mensch erwiesen, als ich es angenommen hatte. Vlad war ein eisiger Bastard, nicht unhöflich oder gemein, aber schweigsam. Stoisch. Und massiv.

Er und Stan waren befreundet. Es gab hier in den Staaten ein ziemlich großes Kontingent russischer Spieler. Die meisten von ihnen hatten sich still verhalten, weil die Stimmung zwischen ihrem Land und dem Rest der Welt nicht gut war. Ich fragte Stan nie nach seiner Familie zu Hause, aber ich wusste, dass er sich ständig Sorgen um sie machte. Ich musterte Vlad während der Hymne, wiegte mich vor und zurück, überlegte, wie ich ihn aufregen konnte, ohne einen Schlag auf den Kopf zu bekommen.

„Willst du etwas zu mir sagen?", fragte Vlad, als er sich zum ersten Faceoff aufstellte. Ich würde nicht einmal gegen ihn antreten. „Ich sehe, dass du mich angeschaut hast. Willst du mich vielleicht um ein Abendessen bitten?"

„Ich bin mir ziemlich sicher, dass unsere jeweiligen Partner das nicht gut finden würden. Ich habe nur versucht zu sehen, ob das, was ich über dich gehört habe, stimmt, und das tut es. Du siehst aus wie Thaddäus."

Seine Brauen zogen sich zusammen. „Ich bin mir sicher, dass ich das nicht tue."

„Oh doch, absolut", mischte Adler sich ein, als er zu uns fuhr. „Wie kommt es, dass dir das noch nie jemand gesagt hat? Oh, hey, ich wette das liegt daran, dass niemand dich zum Weinen bringen wollte."

Das saß. Vlad regte sich auf und murmelte Adler etwas auf Russisch zu und starrte dann mich finster an, bis ich ihm den Rücken zudrehte, um mich dem Faceoff gegen Vlads festen Freund zu stellen.

„Du regst ihn jetzt schon auf, Rowe?", fragte Tate, als wir uns bereitmachten.

„Ich habe nur angemerkt, dass er wie Thaddäus aussieht", antwortete ich unschuldig.

Tate verdrehte die Augen. „Nein, tut er nicht."

„Ich finde schon. Natürlich liegt Tintenfischigkeit im Auge des Betrachters."

„Wenn ihr beide damit fertig seid, über die Bewohner von Bikini Bottom zu reden, können wir dann bitte mit dem Spiel anfangen?", fragte der Schiedsrichter mit einem kleinen Lächeln auf den Lippen.

Ich wollte gerade antworten, als Adlers Stimme zu uns herüberwehte.

„… ich meine nur, dass wenn du mit Hockey aufhören möchtest, um eine Cartoonfigur zu werden, dann könntest du das", überschrie Adler das Brüllen der Fans.

„Halt dein Maul, Lockhart. Dein Gesicht ist ein Cartoon und deine Stimme ist dumm. Außerdem finde ich, dass du so dämlich bist, dass die meisten Cartoons für Kinder für dich zu hoch sind", feuerte Vlad zurück.

„Ach ja? Ich wette, dass ich mehr über *SpongeBob* weiß als du."

„Du hast *keine* Ahnung von *SpongeBob*!"

Der Schiedsrichter schaute die beiden, die sich hinter mir ein Wortgefecht lieferten, mit finsterem Blick an. „Wenn ich noch ein Wort höre, setze ich euch beide auf die Bank, weil ihr das Spiel hinausgezögert und mich gezwungen habt, hier zu stehen und zuzuhören, wie zwei erwachsene Männer sich über einen Cartoon streiten, in dem ein verdammter Schwamm mitspielt!"

Die Dinge beruhigten sich. Ich gewann knapp das Faceoff und die Railers gewannen knapp das Spiel. Penn machte Verrenkungen in seinem Netz und Stan war eine Mauer. Es gab spät im zweiten Drittel ein wackeliges Tor, als der Puck von meinem Schläger kam und irgendwie an Colorado vorbeirutschte. Abgesehen davon passierte in der Offensive nicht wirklich viel. Es war früh in der Saison, was vielleicht der Grund sein konnte. Oder vielleicht waren meine Gedanken woanders. Als der Buzzer am Ende des letzten Drittels verklang, fingen Vlad und Adler an, sich vor Penns Netz zu schubsen. Ich war zu diesem Zeitpunkt nicht auf dem Eis, aber ich hörte, wie Novikov Adler anbellte, dass er die Erkennungsmelodie von *SpongeBob* auf

Russisch singen konnte und er hören wollte, wie Lockhart das machte. Was Adler nicht konnte, darum sah es aus, als ob Vlad diese Runde der großen Cartoon-Gedankenspiele gewonnen hätte. Oder doch nicht? Weil wir den Sieg mitgenommen hatten, würde ich sagen, dass die Railers mit nur der Breite eines Haars von Mrs Puff gewonnen hatten.

WIE ES SCHIEN, war die Antwort auf die E-Mail an Jared gegangen, nicht an mich.

Ach nein, Tennant.

Eine Woche später saßen wir in einem langweiligen Büro der Dauphin County Children and Youth Services und unterhielten uns mit einem wirklich gut aussehenden dunkelhäutigen Mann, der erschöpft aussah. Ich konnte mir nur vorstellen, wie absolut fordernd Sozialarbeit war. Sein Name war Dale Murphy und er trank eine Tasse Kaffee. Höchstwahrscheinlich, damit er die Augen offenhalten konnte. Wir waren sein letzter Termin für diesen Tag. Dass sie uns so schnell hineingenommen hatten, hatte wahrscheinlich sehr viel mit unserem Prestige zu tun. Ich mochte es nicht, mit Vitamin B zu arbeiten, Jared auch nicht, aber manchmal schadete es nicht zu erwähnen, dass man bei einer Wohltätigkeitsveranstaltung mit dem Gouverneur zu Mittag gegessen hatte.

„Okay, wir werden Ihre Überprüfung verschicken", informierte Dale uns.

Jared und ich waren so nervös wie frischgebackene Nonnen bei einem Saufgelage, saßen aufrecht da, als wären wir in der Schule im Büro des Direktors, unsere Finger hatten wir verflochten. Dale hatte mit keiner Wimper gezuckt, als er gesehen hatte, dass wir ein gleichgeschlechtliches Paar waren. Noch machte er einen Kommentar dazu, dass wir uns an den Händen hielten, während wir plauderten. Was gut war, denn obwohl Jareds Handfläche verschwitzt war, erdete seine Berührung mich.

„Nachdem ich mir Ihre finanziellen Unterlagen angesehen habe, kann ich sagen, dass diese überhaupt kein Problem darstellen werden. Die einzigen Dinge, die uns vielleicht Sorgen bereiten werden, sind, dass Sie beide sehr viel auf Reisen zu sein scheinen und dass Mr Rowe ein dauerhaftes medizinisches Problem hat, das seinen mentalen Zustand zu beeinflussen scheint?"

Scheiße. Ich warf Jared einen schnellen Blick zu. Seine Lippen wurden schmal.

„Ähm, das ist wirklich nicht so schlimm, wie es auf dem Papier klingt", beeilte ich mich zu erklären. „Schauen Sie Hockey?" Dale schüttelte den Kopf. „Okay, das ist in Ordnung. Vor ein paar Jahren wurde ich auf dem Eis verletzt und hatte eine ziemlich schwere Kopfverletzung. Ich war auf Reha und spiele jetzt mit wenigen bis gar keinen Nebeneffekten auf dem Eis. Hin und wieder bekomme ich Migränen, die mich für ein paar Stunden flachlegen." Oder einen Tag, aber das würde ich nicht sagen und dem Mann Angst machen. „Ich habe Medikamente und sie helfen. Man nennt das chronische Kopfschmerzen oder Migränen nach einer Gehirnerschütterung. So weit wir wissen, gibt es in meinem Fall keinen Zusammenhang zwischen den Kopfschmerzen und CTE, aber ich werde regelmäßig getestet und ich zeige sonst keine Anzeichen von chronisch traumatischer Enzephalopathie."

Da. Es war ausgesprochen. Auf gar keinen Fall hätte ich das verbergen können und das sollte ich auch nicht tun müssen.

„Es tut mir leid, das zu hören", sagte Dale, seine braunen Augen schauten traurig drein. „Einer meiner Lieblingsfootballspieler wurde erst letzte Woche von einer Gehirnerschütterung ausgeknockt.

Einer ziemlich Schlimmen. Würde es Sie stören, wenn wir Zugang zu ihren medizinischen Unterlagen hätten?"

„Nein. Wenden Sie sich an das Team. Sie wissen, dass wir diesen Prozess in Gang setzen wollen", meldete Jared sich zu Wort, wusste, dass über die Sache mit meinem Hirn zu reden mich stresste. Es war eine Furcht, mit der ich lebte. Etwas, das ich in ein Einmachglas steckte und in meinem mentalen Garten vergrub. Ich wusste, dass das Glas da war, versteckt unter der Erde, aber es war außer Sichtweite. Außer Sichtweite bedeutete, dass ich nicht darüber nachdenken musste. Und an den meisten Tagen konnte ich so tun, als würde diese Sorge nicht in meinem Hirngarten liegen. An manchen Tagen, wenn die Migräne brüllend erwachte, war dieses Glas Sorge viel schwieriger zu ignorieren. Dennoch, es war der Preis, den ich willig bezahlte, um das Spiel zu spielen, das ich liebte.

„Danke. Ihre Kooperation wird den Vorgang erleichtern. Überlegen Sie, ein älteres Kind aufzunehmen? Bitte sagen Sie Ja."

„Ja, tun wir", antworteten Jared und ich gleichzeitig.

Das brachte uns ein strahlendes Lächeln von Dale ein.

„Das freut mich zu hören. Wir haben so viele Kinder, die älter sind und irgendwann aus dem System fallen. Ihr Familienprofil scheint in Ordnung zu sein. Sobald wir das Vorstrafenregister überprüft und ihre Führungszeugnisse und die medizinischen Unterlagen haben, können wir die Dinge ins Rollen bringen. Dann machen wir einen Hausbesuch. Es wird von Ihnen erwartet, dass Sie an unseren Vorbereitungskursen für Eltern teilnehmen. Wir würden gerne sehen, wie Sie das für vierundzwanzig Stunden machen, aber das ist keine in Stein gemeißelte Regel. Wir werden diese Treffen um Ihre Tagespläne herum organisieren. An welches Alter und welches Geschlecht denken Sie für Ihr nächstes Kind?"

Jared und ich wechselten einen amüsierten Blick. „Unsere Tochter hat bereits gesagt, dass sie einen Bruder möchte. Vielleicht ein jüngeres Kind. Unter zehn. Ethnie ist kein Thema", sagte Jared.

„Oder die sexuelle Identität", beeilte ich mich anzufügen. Ich wusste, dass einige Kinder schon mit vier oder fünf wussten, dass sie in ihrem Körper nicht glücklich waren, darum würden wir jedes Kind, das trans oder nicht-binär oder irgendeine andere wunderschöne Schattierung von queer war, willkommen heißen.

„Gut, gut. Das wird uns sehr helfen. Sie werden mit jeder Menge Informationen und Formulare überflutet werden. Lassen Sie sich davon nicht abschrecken. Entscheiden Sie, ob Sie erst Pflegeeltern sein und dann adoptieren oder einfach ein Kind im System adoptieren wollen. Sobald Sie diese Entscheidung getroffen haben, werden Sie Zugang zu einer Adoptions- und Pflegeelternseite bekommen, wo Sie sich Informationen über einige der wunderbaren Kinder ansehen können, die nach einem Zuhause suchen."

„Danke", sagte ich, spürte, dass Dale bereit war, dieses Treffen zu beenden und nach Hause zu gehen. Wir alle erhoben uns und gaben uns die Hände. Das äußere Büro war still, als wir mit einem Ordner voller Dokumente und Formulare gingen.

Jared warf mir auf dem Weg zum Aufzug einen Blick zu. „Du bist schrecklich still. Bist du unsicher? Wir können es aufschieben, wenn du nervös bist."

„Nein, mir geht es gut." Ich rieb mir den Nacken.

„Kopfschmerzen?" Der Aufzug pingte, die Tür glitt auf. Wir betraten die leere Kabine und Jared drückte auf den Knopf für das Erdgeschoss.

„Nicht wirklich. Ich mache mir nur Sorgen, glaube ich. Er hat, was meinen Kopf betrifft, ziemlich misstrauisch ausgesehen. Was, wenn mein medizinischer Scheiß uns davon abhält, ein neues Kind in unser Heim aufzunehmen?"

„Dann machen wir es über private Adoption. Oder wir nehmen wieder eine Leihmutter." Er streckte die Hand aus, um meine Wange sanft zu streicheln. „Uns stehen viele Wege offen. Aber ich habe ein gutes Gefühl. Die Menschen haben viele medizinische Probleme, Ten."

„Ja, klar, aber wir reden hier nicht über Bluthochdruck. Wir wissen nicht, ob ich in zehn oder fünfzehn Jahren nicht auffällig werde. Was, wenn ich ganz aggressiv werde oder-"

Er umfasste meinen Hinterkopf und küsste mich, brachte mich so zum Schweigen. Nur eine kurze Berührung, weich wie eine Daune, aber es reichte aus, um das Rumpeln der Sorge zu stoppen, das angefangen hatte, sich aufzubauen. Ich seufzte, schloss meine Augen und sog den Duft von Mann und Rasierwasser ein. Es war sein einzigartiger Geruch und er beruhigte mich immer.

„Danke", flüsterte ich.

Er strich erneut mit seinen Lippen über meine

und trat zurück. Meine Augen öffneten sich langsam, als der Aufzug im Erdgeschoss ankam.

„Alles wird gut. Hab Vertrauen. Jetzt lass uns nach Hause fahren und den Abend mit Lottie verbringen. Morgen beginnt unsere Kanada-Reise."

„Poutine. Meine eine Schwäche."

„Ich dachte, das wäre ich?"

Ja, okay, er hatte recht. Pommes mit brauner Soße und Käse kamen hinter diesem Mann.

Aber nur knapp.

VIER

Jared
_____

Wer auch immer gedacht hatte, es wäre eine gute
Idee, uns nach unserem kurzen Ausflug nach
Kanada nach L. A. zu schicken und dann wieder
hinauf nach Seattle, musste sich das Hirn prüfen
lassen. Irgendwie hatten wir es nicht richtig
hinbekommen. Wir hatten gegen Calgary verloren,
eine schlimme Niederlage mit vier Toren zu einem
verdammten Nichts und dann war es ein später
Abpraller von Adlers Kopf auf Tens Schläger in
der Verlängerung, der uns einen wackeligen Sieg
gegen Toronto eingebracht hatte.

Und jetzt L. A., mit nachdenklicher Stimmung
im Flugzeug und noch mehr Reisen, wo es
unmöglich war, die Spiele zu sezieren und
herauszufinden, wo genau wir gegen zwei Teams

verkackt hatten, die nicht so schwer zu besiegen hätten sein sollen. Es spielte keine Rolle, ob wir mit vier Toren verloren oder mit nur einem gewonnen hatten, es waren die Punkte, die zählten und von möglichen vier Punkten hatten wir nur armselige zwei mitgenommen und Washington war uns in der Rangliste dicht auf den Fersen. Coach Benning bezeichnete es als kleines Ruckeln, eine nichtige Angelegenheit, etwas, das keiner von uns groß ansprechen musste. Adler mochte uns gerettet haben, aber bis dahin hatte er schlampig gespielt, Ten sah müde aus, Stan hatte die erste Niederlage schlecht aufgenommen und war in höllisch schlechter Stimmung und Bryan, der für das zweite Spiel im Netz gewesen war, sah absolut unglücklich aus. Es fühlte sich falsch an, wenn unsere Torhüter nicht in guter geistiger Verfassung waren und wenn man dazu noch die anderen Kleinigkeiten nahm, dann fühlte ich mich unruhig.

Oder vielleicht lag es daran, dass wir nach L. A. unterwegs waren und Tanner wieder zum Team stoßen würde. Er hatte mir zwei Mal geschrieben, beide Male, um mir zu danken, dass ich ihn hatte gehen lassen und um mir Fragen zu stellen, die ich nicht zu beantworten wusste. Würden die Railers ihn nach L. A. verkaufen, wenn diese im Austausch etwas anbieten konnten? Sollte er das Spiel komplett aufgeben, wenn sein Bruder sich von der Operation nicht erholte?

Wie konnte ich diese Fragen beantworten? Teams führten Verkäufe nicht einfach durch, weil die Spieler sie darum baten und das in Schwarz und Weiß denkende Management würde einen guten Ersatz dafür wollen, Tanner zu verlieren, und es gab in der Verteidigung von L. A. niemanden, den ich nehmen würde, der Tanners Platz übernehmen könnte. Er war ein Verteidiger im zweiten Block und ein verdammt guter und es wäre ein Verlust für das Verteidigerpaar, das er verließ. Ich wollte Luca und Arvy nicht aus dem ersten Block nehmen und Westy vermisste Tanner an seiner Seite im zweiten Block – James ‚Westy' Sato-West war ein Gewohnheitstier und er kam mit dem Jungen aus unserem Feeder-Team nicht zurecht.

Es war ein Chaos und die Verteidigung war es, wo das Team im Moment Probleme hatte. Zur Hölle, die Stürmer konnten nur begrenzt etwas tun, um die Kontrolle über das Spiel zu übernehmen, ohne eine solide Verteidigung vor unserem Netz.

Jemand setzte sich neben mich und meine Hoffnung, dass es Ten war, der nach vorne gekommen war, um mit mir zu plaudern, wurde zunichtegemacht, als Westy sich setzte.

„Coach", fing er vorsichtig an. „Hast du etwas von Tanner gehört? Wegen seines Bruders? Ist alles in Ordnung?"

Er hielt sein Handy, drehte es in seinen Händen und ich wusste, dass Westy und Tanner Freunde waren und er hatte wahrscheinlich gehofft, von Tanner zu hören.

„Ich habe keine Neuigkeiten."

„Ich will nur nicht an Tanners Seite landen und ihm nichts zu sagen haben. Ich muss für ihn stark sein und so und verdammt, ich kenne seinen Bruder von Familien-Barbecues, wir haben Poker gespielt, er ist ein guter Mann. Er ist in meinem Alter und doch muss er jetzt …" Westy schüttelte seinen Kopf. „Und dann hat er meine Textnachrichten nicht beantwortet und ich habe nichts, was ich zu ihm sagen kann. Ich habe ihm Sachen geschickt, dass ich für ihn da bin, wenn er mich braucht, aber warum sollte er mich brauchen? Wir spielen nur Hockey zusammen. Scheiße." Er rieb sich seine Augen, sein Handy stieß gegen seine Nase. Ein Gewohnheitstier. Ich wusste, dass Westy Tanner sehr vermisste, aber ich konnte ihn mit nichts beruhigen.

„Er wird im Training sein und weißt du, was er mehr als alles andere wollen wird?"

Westy sah hoffnungsvoll aus. „Was?"

„Normalität. Er wird wahrscheinlich Hockey spielen und alles vergessen wollen, wenn ihm das möglich ist."

„Meinst du?"

Ich war ein Coach und das bedeutete manchmal, dass ich kein Freund sein konnte und ich wollte sagen, dass Hockey die eine Sache war, die mir geholfen hatte, Frieden zu finden, als Ten im Krankenhaus war. Ich sagte nichts davon, denn das war etwas Persönliches zwischen mir und Ten und das Team musste bei einigen Dingen separat gehalten werden.

Dennoch konnte ich ihm das mit Sicherheit sagen. „Das meine ich nicht, ich weiß es." Es könnte sein, dass ich log, aber Westy nickte und schenkte mir dann ein unsicheres Lächeln. ´

Er war gebaut wie ein Riese, beinahe zwei Meter groß, stark, schnell, auf dem Eis eine Naturgewalt, aber gerade im Moment sah er verletzlich und traurig aus. Es gab Grenzen für das, was ein Coach tun konnte, aber ich hoffte, dass ich für den Moment genug gemacht hatte, ohne wirklich viel zu tun.

„Du sitzt auf meinem Platz, Junge", murmelte Coach Gagnon.

Westy stand sofort auf und ging zurück zum Team.

„Das ist nicht dein Sitz", erinnerte ich unseren Goalie Coach.

„Das ist er jetzt." Er setzte sich neben mich und öffnete sein iPad.

Ich stöhnte – er hatte Xe und Os und jede Menge Notizen, die er durchblätterte. So viel zu ein oder zwei Stunden stiller Sorge um Tanner und den Adoptionsvorgang und die zwei schlechten Spiele des Teams – wie es schien, würden wir arbeiten.

„Westy muss wissen, dass …"

WIR LANDETEN KURZ nach Mitternacht und der Bus fuhr uns direkt zum Hotel in der Nähe des Stadions. Unsere Zimmer wurden schnell und effizient verteilt und Ten und ich teilten uns ohnehin bei allen Auswärtsspielen eines. Sie hatten einmal versucht, uns zu trennen – Ten war im nächsten Spiel so beschissen gewesen, dass die Chefs ihre Meinung sehr schnell änderten. Klar, es gab Zeiten, in denen wir getrennt waren, wie bei den Olympischen Spielen und als er zu einem kurzen Besuch zu seinen Eltern geflogen war, aber sie waren sehr selten.

Er schloss die Tür und dann versteckten wir uns vor der Welt. Ich zog ihn in eine Umarmung und hielt ihn fest. Atmete seinen Geruch ein, meine Stoppeln rieben über den Kragen seines makellosen Hemdes und sein Kuss auf meine Stirn war zärtlich ermutigend.

„Haben wir etwas über die Adoption bekommen?", fragte er vorsichtig. „Oder hast du Neuigkeiten über T-Bones Bruder?"

„Nichts von der Agentur, aber Tanner kommt zum Training."

Für das Training morgen war nicht viel geplant – es würde später anfangen, weil wir erst so spät angekommen waren und es würde mehr darum gehen, sich zu dehnen und locker zu fahren als um irgendetwas anderes. Ich wollte Tanner und Westy wieder zusammenbringen, aber als Vorsichtsmaßnahme war unser Mann aus dem Feeder-Team, Reuben, mitgekommen – für den Fall, dass Tanner mental nicht gut drauf war. Manchmal hasste ich die geschäftlichen Entscheidungen, die wir in einer so fluiden Situation treffen mussten, wo alles aus Grautönen bestand.

„Es wird schön sein, ihn zu sehen." Er ging ein paar Fotos durch, die Lottie uns über ihre liebende Großmutter geschickt hatte, die in unserem Haus war, um der Nanny zu *helfen*. Wir alle wussten, dass dies ihre Art war, Zeit mit ihrer Enkelin zu verbringen, aber keiner von uns sagte etwas. Wir lächelten die Fotos an, gaben die üblichen Elternkommentare ab, wie wunderschön unser Kind war und hörten dann auf, als ich herzhaft gähnte.

„Wirst du müde, alter Mann?", scherzte Ten.

Er ermunterte mich, meine Anzugjacke auszuziehen und half mir aus meiner Hose und meinem Hemd, bat mich dann, mich auf das Bett zu legen, bevor er mir meine Socken auszog und dann sich selbst. Ich muss müde gewesen sein, denn alles, was ich wollte, war eine Umarmung – eine wirklich enge und ewig dauernde Umarmung und Ten kannte mich besser als sich selbst. Wir gingen nacheinander ins Bad und kuschelten dann unter der Decke.

Ich legte meinen Kopf auf die weichen Daunenkissen. „Ich bin nicht alt", verteidigte ich mich, als ob es mir erst in diesem Moment wieder eingefallen wäre.

„Nein, du hast das perfekte Alter für mich", murmelte Ten. „Das wirst du immer haben."

„Ich hoffe, wir bekommen gute Nachrichten."

„Über die Adoption oder über Tanners Bruder?"

„Beides, aber ich hoffe, dass die Operation bei Levi erfolgreich war und sie jede verdammte Zelle dieses Krebses herausgeholt haben und dass er wieder wird."

„Ich auch."

Er küsste meine Wange und seufzte, während er zärtlich mit einer Hand über meine Haut strich. „Ich habe gesehen, wie Westy sich zu dir gesetzt hat."

„Er ist ganz durcheinander und vermisst Tanner."

Ten seufzte. „Und macht sich Sorgen um Levi, da will ich wetten."

„Vor allem über Tanner, aber was meinst du mit Levi?"

„Ich habe sie zusammen gesehen, Westy und Levi, meine ich und da ist eine gewisse Spannung. Verstehst du? Westy und Tanner mögen Freunde sein, aber zwischen Westy und Tanners Bruder Levi fliegen die Funken."

Das hatte ich ganz sicher nicht gewusst, aber das letzte Mal, als wir vor ein paar Jahren mit dem Team von L. A. gefeiert hatten, war direkt vor dem Labor Day gewesen. Ihr Team-Kapitän hatte ein Barbecue organisiert – daran konnte ich mich erinnern – aber ich konnte mich nicht entsinnen, dass einer meiner Verteidiger sich sonderlich für einen der Stürmer von L. A. interessiert hätte. Hätte das nicht mittlerweile in der LGBTQ-Klatsch-Chat-Gruppe gelandet sein müssen? Oder war mir das entgangen, weil ich dort praktisch nie war? Ten sagte oft, dass mir die meisten Dinge nicht auffielen, inklusive sexueller Spannung – und er hatte eindeutig recht.

Ten rutschte herum und gähnte.

„Schweres Spiel", murmelte er und das war das Letzte, was er sagte, bevor er so schnell einschlief, wie man das Wort erschöpft sagen konnte. Ich spürte leichte Atemstöße auf meiner Haut und sein Brustkorb hob und senkte sich in einem vertrauten Rhythmus. Ich konnte zunächst nicht schlafen, mein Kopf war voller Sorgen und Überlegungen und Coach Gagnon und seinen Xen und Os, Tanner und seinem Bruder Levi und Westy und seiner sexuellen Spannung mit Levi. Aber Ten hatte seine Arme um mich geschlungen und das war für mich der perfekte Ort.

Darum schlief ich.

DAS MORGENTRAINING VERLIEF RUHIG, Tanner war wieder bei uns, aber die Prognose für seinen Bruder Levi war alles andere als sicher. Die Chirurgen hatten operiert, aber die Tests liefen noch und das war alles, was er uns sagen konnte. Ich wollte denken, dass Tanner heute hier war und sich in Hockey verlor, aber das hielt nicht lange an, als Westy ihn in die Ecke drängte und sie eine hitzige Debatte führten, komplett mit wedelnden Händen. So viel dazu, dass meine Verteidigerpartner wieder zusammen funktionierten, denn was auch immer Tanner sagte, ließ Westy zusammenzucken und dann mit einem traurigen Kopfschütteln von ihm wegfahren.

Ich hatte keine Ahnung, was hier vor sich gegangen war und entschied mich, Ten zu fragen oder vielleicht sollte ich einfach anfangen, die Nachrichten in unserer Gruppe zu lesen.

Tanner versicherte dem Coach-Team, dass er das Spiel am nächsten Tag bestreiten konnte und er vermittelte definitiv den Eindruck, konzentriert zu sein, aber keiner von uns konnte eine finale Entscheidung treffen, bis wir das gemeinsam diskutiert hatten. Ich konnte Coach Benning einen Rat geben, aber am Ende war es seine Entscheidung.

Der einzige schöne Moment fand nach dem Training statt, als die Jungs alle zurück ins Hotel fuhren und Ten und ich in einem Taxi ins Griffith Observatory. Das war einer meiner Lieblingsplätze wegen seiner Aussicht auf die Stadt, dazu die Geschichte und die Kolibris in den Büschen am Eingang. Ten hatte ein Cap tief ins Gesicht gezogen und in der Hoffnung, dass niemand ihn mit unseren gewöhnlichen T-Shirts und Jeans erkannte, hatten wir einen lässigen Nachmittag geplant. Gerade als Ten mir eine Szene aus einer alten Folge *Star Trek* zeigte, die hier gefilmt worden war, vibrierte mein Handy und kündigte einen Anruf an. Ich brauchte einen Moment, um ranzugehen, fummelte und wischte in die falsche Richtung, aber es war eine unterdrückte Nummer, darum hätte es genauso gut ein Werbeanruf sein können und ich machte mir keine Sorgen, so etwas zu verpassen.

Die Person rief erneut an. Dieses Mal kam die

Verbindung zustande und ich legte mir meinen Nicht-interessiert-Tonfall zurecht. Nur, dass es kein Werbeanruf war, es war die Agentur wegen der Adoption und die Stimme stellte sich als Dale Murphy aus Dauphin County vor. Die Chancen, dass sich so früh im Spiel etwas Passendes ergab, waren sehr gering und vielleicht rief er nur an, um uns nach unseren Zweitnamen zu fragen, es konnten aber auch die besten Nachrichten sein.

„Einen Moment, Dale, ich gehe an einen ruhigeren Ort." Tens Augen weiteten sich, als ich den Namen sagte, und er machte eine komplizierte Geste mit der Hand, die ich unmöglich verstehen konnte.

„Kein Problem", sagte Dale.

Ich schaute mich um, suchte nach einer abgeschirmten Stelle, an der niemand uns reden hören würde.

„Was will Dale? Was sagt er?", formte Ten mit den Lippen.

„Noch nichts", formte ich zurück.

Sofort half er mir bei meiner Suche nach Privatsphäre und endlich fanden wir eine schattige Ecke in einem Alkoven, von dem ich inständig hoffte, dass ich dort Empfang hatte. Ten holte seine Kopfhörer heraus und steckte sie ein. Wir beide nahmen einen.

„Wir sind da, Ten auch, will ich damit sagen", erklärte ich.

„Das hier ist kompliziert", fing Dale an. „Und fühlen Sie sich nicht verpflichtet, weil ich weiß, dass Sie gesagt haben, dass sie nach einem Kind unter zehn suchen. Die Sache ist die, Sie haben angedeutet, dass Sie ein Kind aufnehmen würden, das Sie braucht und ein Fall, der uns Sorge bereitet, ist erneut auf meinem Schreibtisch gelandet und ich frage mich, ob Sie vielleicht interessiert sind."

Ten öffnete seinen Mund, wahrscheinlich, um Ja zu allem zu sagen, aber ich drückte einen Finger auf seine Lippen. Ich wollte einem Kind ein gutes Heim geben, aber ich wollte von Anfang an wissen, ob wir dafür die besten Kandidaten waren.

„Wir hören", ermunterte ich ihn und versuchte, nicht zu aufgeregt zu klingen.

„Es geht genau genommen um zwei Kinder, einen vierzehnjährigen Jungen und seinen neunjährigen Bruder. Der Ältere hat Hockey als Hobby aufgelistet und ich erinnere mich, dass er einen Schläger in seinem Zimmer hat."

Zwei? Und einer deutlich älter, als wir es erwartet hatten? War es das, was wir wollten? Waren wir dafür bereit? Ryker war ein lieber

Teenager gewesen, einer, der Hockey liebte und nur sehr unterschwellig Teenager-Hölle verbreitet hatte, aber zwei Jungs in unserem Haus, das von Lottie beherrscht wurde? Konnten wir das machen?

Ten musste erkannt haben, dass ich in den Panik-Modus gewechselt hatte, weil er es war, der alles für unsere Rückkehr nach Hause organisierte.

Morgen würde Dale uns anscheinend treffen, um den ersten von mindestens drei bis vier Hausbesuchen zu machen. Da er der für die Jungen zuständige Sozialarbeiter war, würde er uns ein klareres Bild mit allen zur Verfügung stehenden Informationen geben können. Der familiäre Hintergrund, inklusive welche Ereignisse dazu geführt hatten, dass die beiden allein waren oder alles, das vielleicht einen Einfluss auf die Gesundheit der Jungen hatte. Ich dachte nicht, dass Dale uns etwas erzählen könnte, mit dem wir nicht fertig wurden.

Oder?

Und in drei Tagen würden wir Soren, vierzehn, und Milo, neun, kennenlernen. Brüder und Waisen, seit Soren acht war und Milo nur drei. Sie waren im System herumgereicht worden und das war alles, was Dale uns vor morgen erzählen konnte.

Irgendwie war das alles, was wir wissen mussten.

Vielleicht konnten sie zu uns kommen und aufhören, ständig herumzuziehen?

Vielleicht konnten *wir* ihnen das perfekte Zuhause bieten.

FÜNF

Ten

———

„Soll ich einen Anzug oder ein T-Shirt anziehen?",
fragte ich, hielt dabei ein Hemd mit einer Hand in
die Höhe und ein Marianas Trench T-Shirt mit der
anderen.

„Hemd", sagte Jared und fummelte an seiner
Krawatte herum.

„T-Shirt", sagte Mom, während sie versuchte,
Lottie einzufangen, um ihr ein Kleid anzuziehen.
Die Jagd, die durch das gesamte Haus geführt hatte,
endete in unserem Schlafzimmer. „Ihr wollt nicht,
dass die Jungs denken, sie treffen noch mehr
Erwachsene in Anzügen. Nicht, dass du nicht gut
aussiehst, Jared."

Er seufzte, öffnete seine Krawatte und warf sie
in Richtung seiner Kommode. „Nein, du hast recht.

Lässig ist der richtige Weg. Ich bin mir aber nicht sicher, wie gut ich ein T-Shirt einer Rockband tragen kann."

„Daddy, trag das Kleid!", schrie Lottie, während sie über unser Bett krabbelte, um eines von ungefähr zehn Oberteilen von mir aufzuheben, die ich dort hingeworfen hatte. Sie schlüpfte in einen alten Railers-Pulli. „Ich trage das, um meine neuen Brüder zu treffen!"

Mom warf mir einen Blick zu, der besagte, dass sie nicht dachte, wir hätten Lottie jetzt schon von Soren und Milo erzählen sollen. Ich wusste, dass sie nicht dafür gewesen war, dass Lottie es erfuhr, aber wir waren so aufgeregt gewesen. Und sie war ein Teil der Familie, ein großer und ziemlich lauter Teil, darum sollte sie bei allen Aspekten dieser Adoption dabei sein. Wenn die Jungs kein beinahe vierjähriges Mädchen mochten, dann würden wir es sofort wissen und konnten mit unserer Suche fortfahren. Mom dachte, es Charlotte zu erzählen, würde zu einer Enttäuschung führen.

„Ich glaube nicht, dass mir dein Kleid passen wird", antwortete Jared, fing dann an, in seiner Kommode nach einem lässigen Outfit zu suchen.

„Gestern hast du dieses Kleid geliebt." Lottie

schob das Kleid energisch von sich, jedes Mal, wenn Mom es ihr hinhielt.

„Gestern ist jetzt in meiner Erinnerung", informierte Lottie uns.

Ich lachte, während ich mir mein T-Shirt über den Kopf zog.

Mom seufzte.

„Sie hat recht", bemerkte Jared, hielt dabei ein hübsches blaues Polohemd in die Höhe, das seine unglaublichen Augen betonte. Mom und ich nickten beide. „Wir heben uns das Kleid für einen anderen Tag auf. Kannst du unter Daddys Pulli eine Leggins anziehen?"

„Warum?", fragte Lottie, fiel zurück auf unser Bett und wackelte dann mit ihren Füßen in der Luft, zeigte Gott und der Welt ihre brandneue rosa Unterwäsche. Bis jetzt hatten wir drei Tage lang keine Unfälle gehabt. Wer wusste, was der heutige Tag bringen würde? Manchmal zögerte sie es zu lange hinaus, wenn sie beschäftigt war, und ich hatte den Verdacht, dass sie wahnsinnig beschäftigt sein würde, die Jungs entweder zu bezaubern oder in Angst und Schrecken zu versetzen.

„Damit niemand deine Unterwäsche sieht", erklärte Mom ihr, während sie Jared das Kleid reichte und Lottie vom Bett hob.

Lottie schlang ihre Arme um ihre Oma, küsste sie auf die Wange. „Ich bin ein großes Mädchen. Ich mag, dass die Leute meine Unterhose sehen! Dann wissen sie auch, dass ich ein großes Mädchen bin."

Mom schaute zu mir. Ich zuckte mit den Schultern. „Du bist überhaupt keine Hilfe, Tennant." Sie schüttelte ihren Kopf und nahm Lottie dann mit, um eine Leggins zu finden.

„Hilfe. Ich habe den Blick bekommen", keuchte ich, wankte dann zu Jared, die Hand über meinem Herzen. Ich fiel an seine Seite und klammerte mich an ihn. Er schnaubte amüsiert. „Du siehst gut aus", sagte ich, küsste ihn dabei auf seine glatte Wange. „Angespannt, aber gut."

„Ich bin nervös. Was, wenn die Jungs uns nicht mögen?"

„Wie können sie nicht? Wir sind unglaublich cool." Ich warf einen Blick in den Spiegel, fuhr mit den Fingern durch meine Haare und entschied, dass ich bereit zum Aufbruch war.

„Nein, *du* bist unglaublich cool. Ich habe aufgehört, cool zu sein, als Ryker ungefähr dreizehn war. Frag ihn. Er wird es bestätigen."

„Ich *bin* ziemlich verdammt cool." Ich zwinkerte

ihm zu. „Du wirst klarkommen. Weißt du, warum wir so gut zusammen funktionieren?"

„Ich habe den Verdacht, dass ich es bereuen werde, aber erzähl es mir", antwortete er, während er seine Arme um meine Taille legte.

„Die Kombination aus großen Dad-Gefühlen die du ausstrahlst, gemischt mit der funky Für-alles-zu-haben-Ausstrahlung, die ich habe."

„Ich bin mir ziemlich sicher, dass die Kids nicht mehr ‚funky' sagen."

„Ich bringe das zurück. Du siehst gut aus. Komm, wir holen unsere Tochter und lernen unsere möglichen zukünftigen Söhne kennen." Ich hielt ihm meine Hand hin.

Er nahm sie, aber er sah so aus, als wäre er bereit, mir zu sagen, die Haut des Wildschweins nicht zu verkaufen, bevor ich das Schwein hatte. Was ich überhaupt nicht machte. Nicht wirklich. Okay, na schön, ich verkaufte definitiv die Haut des Wildschweins. Hoffentlich würde mir das nicht in den Hintern beißen.

WIR KAMEN SPÄT in den Wildwood Park. Wir hatten länger gebraucht, als wir sollten, um ein Kindergartenkind und einen Welpen ins Auto zu bekommen. Mom hatte gefragt, ob wir uns sicher waren, dass wir die Jungs mit einem wilden kleinen Mädchen und einem übereifrigen Labrador überfallen wollten. Wenn sie in die Familie kamen – vielleicht – konnten sie das ganze chaotische Durcheinander auch gleich miterleben. Außerdem, wer mochte keine aufgeweckten Mädchen in limettengrüner Leggins, lila Sneakern und einem Railers-Pulli, der ihr bis zu den Zehen ging? Und Welpen? Ich meine, im Ernst, wer liebte Hunde nicht?

„Na gut, vielleicht hatte deine Mutter recht", schnaufte Jared, als wir durch den Park rannten. Lottie zog an mir in eine Richtung, Gordie an Jared in die andere.

„Nein, wir haben das im Griff." Ich schob die Wichtiger-Scheiß-den-wir-mit-uns-herumtragen-müssen-Tasche höher auf meine linke Schulter, hob dann Lottie hoch und setzte sie auf meine rechte Hüfte. Sie kicherte fröhlich, als ich zu laufen anfing, mit Eile in Richtung Naturzentrum rannte, wo wir Dale und die Jungs treffen würden.

Der Park war einer unserer Lieblingsorte. Voller Wanderwege, Bäume und Marschen, gab es überall Wildtiere, von Kranichen über Schildkröten, die sich sonnten, bis hin zu einer großen Vielfalt an

Sing- und Wasservögeln. Lottie mochte die Schildkröten am liebsten und beschwerte sich bereits, als wir nicht in einen Weg einbogen, um sie zu besuchen.

„Gordie, nein, hör auf, daran zu riechen. Nein, das ist – lass das fallen!", hörte ich Jared den Welpen hinter mir korrigieren.

„Gordie ist unartig", informierte Lottie mich, während wir weitereilten.

Wir hatten es gerade zum Naturzentrum geschafft, der Sonnenhut vom Sommer war abgestorben und jetzt durch Chrysanthemen ersetzt. Blätter fielen bereits zu Boden, das strahlende Rot und Gelb bedeckte die Wege.

„Hey, Tennant!", rief ein Mann. Ich blieb rutschend stehen, hoffte, dass es kein Fan war. Nicht, dass ich unsere Fans nicht liebte, das tat ich, aber ich hatte irgendwie gehofft, die ganze „Superstar einer Generation"-Sache ein wenig zurückzufahren. Es konnte sehr überwältigend sein. Und auch wenn es in den Augen älterer Kinder zu Beginn vielleicht cool wirkte, würde es sehr schnell peinlich werden. Ich warf einen Blick nach links und sah, wie Dale sich von einer Bank erhob. Zwei Jungen waren bei ihm, beide sahen ein wenig dünner aus, als es meiner Mutter gefallen würde.

Dunkle Haare, meinen sehr ähnlich und dunkelbraune Augen, ganz anders als meine oder die von Jared. Soren, der Ältere, stand sofort auf und glitt vor seinen jüngeren Bruder, in einer offensichtlich schützenden Geste. Milo, der Jüngere, schaute um seinen Bruder herum, vorsichtig, bis er Gordie entdeckte.

Dann löste er sich aus Sorens Griff und rannte mit einem Quietschen zu dem Labrador. Gordie liebte Kinder. Und Küsse. Die beiden fielen auf den mit Laub bedeckten Weg, Milo kicherte wie verrückt, als Gordie ihm sein Gesicht wusch. Jared stürzte sich in das Durcheinander, um die Leine von Milo zu entwirren und versuchte dann, den Welpen wieder unter Kontrolle zu bringen. Soren ging zu seinem Bruder, hob ihn hoch, klopfte ihn ab und stand dann schweigend da, starrte mich an.

„Was für eine Begrüßung", lachte Dale, kam um die beiden Jungs herum und schüttelte uns die Hände. „Wie Sie sehen können, lieben die Jungs Hunde."

„Und unser Hund liebt sie", sagte Jared, als Gordie sich neben ihn setzte. Nun, sitzen war ein großes Wort. Sein Hinterteil berührte kaum den Boden. Sein wedelnder Schwanz schien seinen Hintern in Richtung Himmel zu heben. „Es ist schön, euch beide kennenzulernen. Ich bin Jared und das ist Tennant." Ich zog mein Cap herunter und setzte es Milo auf den Kopf.

Er grinste zu mir auf.

„Daddy, sag meinen Brüdern, wer mich bin!", verlangte Lottie.

„Entschuldige, das ist unsere Tochter, Lottie", sagte Jared.

„Lass michs runter", bat Lottie.

Ich tat, was sie verlangte. Sie marschierte direkt zu Soren, der einen vorsichtigen Blick und ein schmollendes Gesicht zeigte. Sie hielt ihm ihre Hand hin.

Er schaute zu mir, sah zögernd und misstrauisch aus.

„Schüttel bitte meine Hand", erklärte Lottie ihm.

Er schaute zu Dale, dann zu Jared, diese Anspannung war immer noch da, dann schaute er zu Lottie hinunter. Ein Teil seines Unwohlseins löste sich auf. Er nahm ihre winzige Hand. Sie ging ihm kaum bis zur Hüfte. Soren war ein langgliedriges Kind. Er bestand fast nur aus Armen und Beinen, typisch für Jungs. Er war auf der Hut, worüber wir im Voraus informiert worden waren. Kinder, die schon lange im System waren, fassten nicht schnell Vertrauen.

„Ich bin deine Schwester."

„Lottie, sie sind noch nicht deine Brüder", beeilte Jared sich zu erklären.

„Ich werde dein Bruder sein", meldete Milo sich, schüttelte ihre Hand und stand da, starrte uns an, Lotties Finger immer noch mit seinen verbunden.

„Okay, Daddy, er ist jetzt mein Bruder. Er hat es gesagt", verkündete Lottie der Welt, einfach so. Wir alle lachten, abgesehen von Soren. Er würde sich nicht von einem frechen Mädchen in einem Pulli, der ihr achtundvierzig Mal zu groß war, bezaubern lassen. „Du kannst es auch sein. Komm mit." Lottie hielt Soren ihre andere Hand hin. Sein Blick huschte zu Dale. Dale zuckte mit den Achseln, sagte damit, was immer du machen willst, Kumpel. „Komm mit, ich weiß, wo die Schildkröten wohnen."

Soren, der offensichtlich ein kluger junger Mann war, nahm Lotties Hand. Dann stapfte sie los, zog die Jungs hinter sich her, während sie in einem fort redete.

„Das wäre dann also erledigt", scherzte Dale.

Gordie riss an seiner Leine, um den Kindern zu

folgen, darum schlossen wir uns dem Trio an, redeten mit den Jungs, so gut es von hinten ging. Wir machten einen netten Spaziergang, schlenderten schließlich neben dem Trio her.

„Seid ihr Jungs gern draußen?", fragte ich, als wir bei einem Schildkrötenteich Pause machten. Winzige Scharnierschildkröten waren auf einem vermoosten Ast aufgereiht und sonnten sich.

„Ich hopse gern herum", informierte Lottie mich.

„Ja, ich weiß, Liebling, ich habe die Jungs gefragt", erklärte ich ihr. Sie machte einen perfekten Schmollmund. „Spielt ihr Jungs gern draußen? Macht ihr irgendwelche Sportarten?"

Ich wusste, dass Soren Hockey spielte, das stand in seinem Lebenslauf, aber ich wollte, dass der junge Mann mit uns redete. Er hatte sich mit Lottie unterhalten, die er, wie ich annahm, für sicher hielt, aber er hatte noch kein Wort zu mir oder Jared gesagt. Milo wirkte weniger verschlossen, schien leichter auf Dinge einzugehen und war natürlich von Gordie verzaubert.

„Ich spiele Skateboards", erklärte Milo mir, schob sich seine Haare aus der Stirn. Seine Jacke war eine Nummer zu groß, seine Hose auch, aber er schien sich darin wohlzufühlen. Ich war als Kind auch so gewesen. Kleidung oder wie sie passte, war mir egal gewesen, solange sie mein Hinterteil bedeckte.

„Du *fährst* Skateboard", korrigierte Soren ihn sanft, sein Blick auf die glänzenden Panzer der Schildkröten gerichtet. Ein Stockentenerpel und sein Weibchen schwammen vorbei. Gordie, ganz seiner Rassebeschreibung treu, bestand darauf, die Enten zu holen. Jared war aber darauf vorbereitet und verhinderte einen Welpe-im-Teich-Moment. Das brachte die Jungs zum Lachen. Beide. Soren musterte mich von der Seite, nachdem die Enten weg waren. „Ich habe Hockey gespielt."

„Oh, warum hast du aufgehört?", fragte ich, hakte ein wenig nach, weil er zumindest redete.

„In der letzten Familie, in der wir waren, hatten sie etwas Geld. In dieser nicht." Er schaute wieder zu den Schildkröten.

„Ja, Hockey ist teuer", gestand ich. Das war keine Lüge. Wie meine Eltern es geschafft hatten, drei Jungs durch den Sport zu bringen, war mir schleierhaft. „Vielleicht können wir dich ins Railers Jugendhockeyprogramm bringen. Dann könntest du spielen und müsstest dir keine Sorgen um die Kosten für die Ausrüstung machen."

Er warf mir einen Blick zu, der so nahe an einer

Herausforderung lag, dass ich ihn wie einen Stich in die Eingeweide spürte. „Wie auch immer."

Autsch. Ich schaute zu Jared. Er hob eine Schulter. Ich hatte keine Ahnung, wie ich mich von dieser kalten Schulter erholen sollte, darum wechselte ich zu etwas anderem, fragte Milo, ob er schon einmal auf der Reptilienfarm außerhalb der Stadt gewesen war. Er sagte, dass er noch nie dort war, aber unbedingt hinwollte. Lottie war auf der Farm ein regelmäßiger Gast und hatte ihre eigene Saisonkarte. Ihre Oma und ihre Nanny gingen mit ihr hin, wann immer sie konnten, was bewies, wie sehr meine Mutter sie liebte, weil Mom schreckliche Angst vor Schlangen hatte.

„Cool, vielleicht können wir das nächste Mal zur Reptilienfarm fahren und danach zu Abend essen?", fragte ich lässig, während Gordie am Rand des Teichs schnüffelte, dabei Blasen in dem dunklen Wasser blies, was alle Kinder zum Kichern brachte. Sogar Soren.

„Ja!", schrien Milo und Lottie, was die Stockenten auffliegen ließ.

„'Nächstes Mal'?" Soren klang schockiert – als ob er sich nicht sicher war, ob er richtig gehört hatte.

Ich schaute zu Jared, der nickte. Das Treffen

war insgesamt gut verlaufen. Wir hatten nicht erwartet, dass die Jungs sich auf der Stelle in uns verliebten, vor allem nicht der Ältere, der seit so langer Zeit von einem Heim ins nächste geschoben worden war.

„Wenn das in Ordnung ist?" Ich schaute von Soren zu Dale.

„Mir ist es recht. Was sagt ihr, Jungs?"

Beide Jungs stimmten zu. Milo voller Enthusiasmus und Soren ... nun, er stimmte zu.

„Wir machen etwas aus, bevor wir fahren. Wie wäre es in einer Woche oder zwei?", fragte Dale, während er Milos Schulter voller Zuneigung streichelte.

„Morgen?", fragte Milo.

„Ja, morgen! Grammy kommt auch mit. Sie macht Gesichter bei den Schlangen, so." Lottie zog ein komisches, übertriebenes Gesicht der Angst, das uns alle zum Lachen brachte. Soren war nicht zu überschwänglich, aber er lächelte. Nun, er machte es, bis er bemerkte, dass ich ihn beobachtete und dann wischte er sich das Lächeln sofort aus dem Gesicht.

„Lasst uns sehen, was unsere Zeitpläne sagen", unterbrach Jared, führte den Hund dabei vom Teich weg.

Wir alle folgten ihm, plauderten über Skateboards, Eidechsen, die hübschen Bäume und dass der Wind nach Teichwasser roch, wenn er uns ins Gesicht blies.

Als wir wieder auf dem Parkplatz waren, steckten wir die Kinder und den Hund in die jeweiligen Autos, holten dann unsere Handys heraus. Einen Termin zu finden, war nicht einfach. Wir hatten jeden zweiten Abend ein Spiel und jeden Morgen Training. Zum Glück waren wir dieses Mal für längere Zeit zu Hause und wir schafften es schließlich, die Reptilienfarm und ein Abendessen für den kommenden Freitagnachmittag auszumachen. Wir würden dafür sorgen, dass es nicht zu spät wurde, weil wir am Samstag ein Nachmittagsspiel gegen Boston hatten. Man stellte sich Boston nicht im Halbschlaf. Auch wenn sie in letzter Zeit ein paar Probleme gehabt hatten, sah ich sie nie lange am Boden liegen. Bradys Entschlossenheit und Durchhaltevermögen wehten immer noch durch diesen Club, obwohl mein Bruder nicht mehr auf dem Eis stand.

„Oh, hey", meinte ich, als wir uns zum Gehen bereitmachten. „Ich habe noch ein paar Sachen für die Jungs im Kofferraum." Ich joggte nach hinten, öffnete die Klappe, schob eine Windeltasche zur

Seite und riss eine Railers Trainingstasche heraus. Ich hatte alle möglichen Sachen signiert und reingestopft. Oberteile, Caps, Handschuhe, Mützen, einen Plüschbären mit einem Railers-Pulli, zwei Kalender. Ich nahm auch den Schläger, den ich signiert hatte. Ich schaute über meine Schulter zu Jared, warf ihm einen Soll-ich-oder-soll-ich-nicht-Blick zu, während ich den Schläger in die Höhe hielt.

Er nickte einmal, reichte Lottie dann einen Müsliriegel, den Gordie versuchte zu erwischen.

Ich zog alles heraus, tappte dann um den Sedan herum, den Dale fuhr und klopfte an das hintere Fenster. Soren starrte mich durch das Glas an, seine braunen Augen zeigten keinerlei Emotionen. Ich hob die Tasche und den Schläger in die Höhe. Das ließ seine Augen groß werden, wenn auch nur für eine Sekunde. Das Fenster kam langsam nach unten.

„Das ist für dich und Milo. Nur ein paar Sachen. Den Schläger habe ich letztes Jahr in einem Play-off-Spiel gegen Washington benutzt. Er wurde für eine Verlosung reserviert, aber ich habe jede Menge davon. Ich dachte mir, er könnte dir gefallen, du weißt schon, wenn du wieder aufs Eis kannst."

Er starrte mich mit großen Augen an. Ich musste denken, dass er abzuschätzen versuchte, wie viel Aufregung er zeigen sollte. Sein Mund mochte bewegungslos bleiben, aber seine Augen waren lebhaft. Ich blieb einfach nur da, während er sich über die Dinge klar wurde, den Schläger in einer Hand, die Tasche in der anderen, wartend. Schließlich hob er seine Hand. Ich reichte ihm erst den Schläger, dann die Tasche. Milo suchte sofort darin herum, fand Handschuhe, die er anzog, obwohl es noch nicht Handschuhwetter war. Sein Lächeln war so strahlend wie die Herbstsonne über uns.

„Danke", sagte Soren leise, platzierte den Schläger auf seinem Schoß.

„Gerne. Wir sehen uns Freitag." Ich klopfte auf das Autodach. Das Fenster ging wieder nach oben, schnitt Milos freudiges Plaudern über die Sachen in der Tasche ab. „Danke für den Ausflug", rief ich Dale zu, der an der Schnauze seines Autos lehnte und etwas in sein Handy tippte.

„Danke *euch*", antwortete Dale, steckte das Handy ein und schlüpfte hinter das Lenkrad.

Los fuhren sie, zurück in eine andere Pflegefamilie, wo, wie ich hoffte, die Leute nett zu ihnen waren. Trauer wusch über mich hinweg. Ich konnte mir nicht vorstellen, was diese beiden durchgemacht hatten. Ihre Eltern zu verlieren, dann jahrelang von einer Pflegefamilie zur anderen geschoben zu werden. Meine Kindheit war ziemlich ideal gewesen. Solides Zuhause, liebende Eltern, immer genügend Essen, Geld für Hockey für drei Kinder. Wir hatten nie gehungert oder Angst gehabt, allein zu sein, oder waren schmutzig gewesen. Nun, das war eine Lüge. Wir waren oft schmutzig gewesen, aber das war unsere Entscheidung gewesen. Milo und Soren hatten nichts außer einander. Vielleicht, wenn wir Glück hatten, konnten Jared und ich das ändern. Jedes Kind verdiente Erwachsene, die es liebten. Und eine aufdringliche kleine Schwester. Und einen Hund, dem sie Geheimnisse zuflüstern konnten.

Ich hörte, wie Lottie kicherte, weil der Hund ihre Zehen leckte.

Zehen? Wo waren ihre Sneakers hin verschwunden?

SECHS

Jared

Unser Spiel gegen Washington war beschissen. Wir hatten zu Hause einen komfortablen Sieg gegen Buffalo eingefahren, das Stadion war voll gewesen mit schreienden, jubelnden Fans und wir waren high von der Tatsache, dass wir den Schwung behalten würden.

Nur dass der Kapitän von Washington, Ivan Ponomarev, die Nacht seines Lebens hatte und in den ersten fünf Minuten zwei Tore an Stan vorbeibrachte. Ivan gab sehr damit an, seinen russischen Kollegen besiegt zu haben, und zu sagen, dass Stan kein glücklicher Mann war, war eine Untertreibung. Obwohl Ten mit Stan redete, obwohl Alain mit seinem Goalie redete, zog Coach

Benning Stan nach dem ersten Drittel ab und Brian musste ins Netz. Zum Glück schloss er die Tür, so gut er das gegen eine dominante Offensive konnte und sie schafften nur noch ein weiteres Tor an ihm vorbei – ein Ivan Ponomarev Hattrick – aber wir schlugen nicht zurück. Gegen Washington mit drei Toren gegenüber einer großen fetten Null zu verlieren, noch dazu in unserem eigenen Stadion, war demütigend und die Fans ließen uns genau wissen, wie sie sich fühlten. Ich konnte nicht sagen, dass wir schlecht gespielt hatten, aber Washington schien uns so früh in der Saison schon genau eingeschätzt zu haben und es war offensichtlich, dass die Coaches der Railers zurück ans Reißbrett mussten.

Es half auch nicht, dass Tanner das Spiel zehn Minuten vor dem Ende verließ. Nachdem er für Hooking, Halten, Instigating und, wie es schien, jedes andere Fehlverhalten unter der Sonne abgestraft worden war, wurde er schließlich von Ivan mit einem Hip-Check aus dem Spiel genommen, der so heftig war, dass ich dachte, das Plexiglas würde beim Aufprall brechen.

Zuerst kam das Gespräch in der Umkleide, wo Coach Benning sehr wenig zu sagen hatte.

Manchmal waren es die Dinge, die er nicht sagte, die am meisten nachwirkten und als ich Connors Blick einfing, schüttelte er seinen Kopf in einer subtilen Bewegung. Der Kapitän lud das Gewicht der Niederlage auf seine Schultern. Ich bemerkte, dass Ten sich sein Jersey ausgezogen hatte und das *A* auf der Vorderseite nachfuhr, und ich wusste, dass er über all die Dinge nachdachte, die er anders hätte machen sollen.

„Ihr werdet euch wehren", fasste Coach zusammen und das Team sagte wie ein Mann *Ja*.

Ich folgte Westy, der anfing, vor dem Notfallzimmer auf- und abzutigern, immer noch in seiner Ausrüstung, nass vom Schweiß, aber mit einem wilden Glühen in seinen Augen.

„Levi wird mich umbringen, wenn ich zulasse, dass Tanner verletzt wird!", murmelte er mir zu und legte eine Hand auf die Tür, um mich davon abzuhalten, hineinzugehen. „Tanner dreht durch, Coach, du musst …" Er schloss seine Augen, als ob er nicht wusste, was ich tun sollte oder zögerte, mich zu hinterfragen. Ich musste mit Tanner reden und warf einen nachdrücklichen Blick auf Westys Hand auf der Türklinke.

Er ließ sie sofort los. „Tut mir leid, Coach", murmelte er.

Ich klopfte ihm mit der Hand auf die Schulter und er zuckte zusammen. „Du hast heute Abend gut gespielt, James", sagte ich fest, benutzte seinen echten Namen statt seinen Spitznamen. „Geh duschen, schlaf ein wenig, ich kümmere mich um das hier."

Westy verzog das Gesicht, nickte dann, bevor er seinen erschöpften Körper zur Umkleide und in die Duschen schleppte. Im Notfallzimmer sah Tanner grauenvoll aus, seine Ausrüstung hatte er ausgezogen, er saß in seiner Unterwäsche da. Wie es schien, war jeder Teil von ihm rot und er hatte einen hässlichen Cut unter seinem linken Auge. „Coach", sagte er unglücklich.

Ich schaute zu unserem Teamarzt, der nickte. „Keine Gehirnerschütterung", meinte er und beschäftigte sich dann am Ende des langen, schmalen Raums, um mir Zeit mit Tanner zu geben. Ich hatte während des Spiels keinen Schlag gegen Tanners Kopf gesehen, aber eine Gehirnerschütterung war etwas, das kein Mediziner ignorierte.

„Du hast gesagt, dass du-"

„Es wird nicht wieder vorkommen, Coach", unterbrach Tanner mich und ich hörte auf zu reden und wartete darauf, dass er mir seine

Gedankengänge erklärte, damit wir einen vernünftigen Dialog beginnen konnten, bei dem es nicht nur um Macho-Gehabe ging. Er starrte mich an, ich starrte zurück und dann schweifte sein Blick von meinem ab und er sank in sich zusammen. „Scheiße", murmelte er.

„Für das Spiel gegen Boston sitzt du auf der Bank."

„Was? Nein. Ich muss spielen. Ich habe sonst nichts, das … bitte … das ist …" Was auch immer er in meinem ruhigen Blick sah, es reichte aus, um ihn zum Schweigen zu bringen. „Ja, Coach", endete er, senkte dann seinen Kopf. „Es tut mir leid."

Ich wollte ihm sagen, dass er sich nicht bei mir im Besonderen entschuldigen musste, dass es das gesamte Team war, das er im Stich gelassen hatte, aber ich würde lügen. Die Niederlage war nicht nur seine Schuld, obwohl er es nicht besser gemacht hatte. Sie war auch nicht Stans Schuld, der einen wackeligen Start gehabt hatte, noch war es Tens Schuld, weil er kein Tor geschossen hatte. Es war eine Vielzahl an Dingen. Eines davon war, dass Washington seinen Rhythmus früh in der Saison gefunden hatte und spielte, als wäre es das siebte Spiel im Stanley Cup.

„Nimm dir Zeit und schau nach deinem Bruder. Du hast einen verpflichtenden Termin bei der Team-Psychologin, sei morgen beim Training und dann in Anzug und Krawatte in der Box, wenn Boston im Stadion ist."

Er seufzte schwer. Ein Healthy Scratch zu sein und in der Box sitzen zu müssen, war beschissen und ich wusste das, weil ich in meiner Karriere auch schon an diesem Punkt gewesen war. Dennoch war mir klar, dass er es heute Abend nicht verbockt hatte, weil er nicht mehr im Team sein wollte. Er *brauchte* das Team, aber sein Kopf war mit Dingen gefüllt, die ihn dazu brachten, direkt ins Chaos zu treten. Ich ging zur Tür, aber seine leise Stimme brachte mich zum Anhalten.

„Levi sieht nicht gut aus", murmelte er.

Ich nahm mir einen Moment Zeit, bevor ich mich zu ihm drehte. „Dein Bruder ist ein starker junger Mann. Er hat alle Chancen, Tanner."

Tanner nickte und dann glitt er von der Untersuchungsliege und griff nach einem T-Shirt. Er sagte nichts weiter und ich dachte, dass er mit dem Spiel und mir und allem anderen für den Moment durch war.

„Wenn du je über etwas reden willst …"

„Ich weiß, Coach."

Aber sein Tonfall war tot und ich fragte mich, ob ich vielleicht die letzte Person war, mit der er reden wollte.

Mit einer Niederlage gegen unsere größten Rivalen, einem Spiel gegen Boston vor der Tür und Tanner im Notfallraum, mit Prellungen übersät, würde ich vor Mitternacht nicht aus dem Stadion kommen, darum fuhr Ten zögerlich nach Hause. Obwohl ich so sehr wollte, dass er blieb.

Als ich zu ihm kam, war es wirklich spät und der Einzige, der noch wach war, um mich zu begrüßen, war Gordie mit seinem kaputten Spielzeughasen im Maul und einem so heftig wedelnden Schwanz, dass er nicht geradeaus gehen konnte. Ich spielte fünf Minuten lang mit dem wilden Hund Fangen im Flur und lächelte, als er in einem Welpenhaufen der Erschöpfung auf seinem Bett in der Küche zusammenbrach. Dann machte ich mich auf die Suche nach Ten, aber nach dem Spiel, das wir gehabt hatten, wusste ich, wo er sein würde – schlafend auf dem Sofa. Lottie lag auf seinem Brustkorb, ihre Finger in sein Hemd gekrallt. Ich löste sie sachte und sie wachte nicht einmal auf, als ich sie in ihr Bett legte und ihr einen Kuss auf die Stirn gab. Dann küsste ich Ten wach und half ihm vom Sofa auf. Er war nicht ganz da und ich legte auch ihn ins Bett, aber er zog mich zu sich, immer noch in meinem Anzug und drückte sein Gesicht an meinen Hals.

„Das war ein beschissenes Spiel", murmelte er.

Ich hielt ihn fest. „Ja."

„Geht es Tanner gut?"

„Größtenteils."

„Es ist beschissen", fügte Ten hinzu und presste einen Kuss auf meine Haut. „Wir werden Washington das nächste Mal besiegen", erklärte er mit einem Gähnen.

„War Lottie unruhig?"

„Nein. Ich habe nur Kuscheln gebraucht. Sie hatte Lust darauf." Er lächelte – obwohl ich sein Gesicht nicht sehen konnte, wusste ich, dass er lächelte. „Chloe ist ins Bett gegangen und ich habe meine Lottie-Zeit bekommen."

Unsere Nanny wusste, wie es an den Tagen lief, wenn wir von einer Niederlage zu Boden gedrückt nach Hause kamen, alles hinterfragten und hatte nicht ein Mal angemerkt, dass Lottie nicht für eine Umarmung zum Sofa getragen werden musste, obwohl sie manchmal die Stirn runzelte. Ich hatte sie einmal murmeln hören, dass es nur ein Spiel war, aber das wäre Gotteslästerung gewesen, darum ignorierte ich das, angesichts all ihrer anderen atemberaubenden Talente, die die Ordnung in unserer kleinen Familie aufrechterhielten. Nur ein Spiel! Niemals.

DAS TRAINING LIEF SIRUPARTIG LANGSAM, viel Cross-Ice Hockey und Übungen auf kleinem Raum und ich musste mich wirklich sehr anstrengen, mich auf das Spiel zu konzentrieren, weil wir diesen Nachmittag Soren und Milo wiedersehen würden. Ich musste kein Gedankenleser sein, um zu wissen, dass Ten absolut darauf fokussiert war, sie zu adoptieren. Ich auch, weil ich bereits angefangen hatte darüber nachzudenken, welche Schlafzimmer in unserem großen Haus für die Jungs am besten wären. Ich hatte mich für zwei Zimmer entschieden, die sich im Westflügel befanden, wie Ten immer im Scherz sagte, der sich aber wirklich nur links von der Haupttreppe befand. Die Zimmer waren groß und luftig und hatten ein gemeinsames Bad, das die Jungs sich teilen konnten und beide boten einen Blick auf den Garten und den Pool und waren in neutralen Farben gestaltet.

Ich dachte, dass die Jungs ihre eigenen Farben aussuchen konnten und was die Möbel betraf, sollten wir ein paar Betten und Schränke bestellen. Es waren die gewöhnlichen Dinge, die aufregend wurden, so wie Ten und ich um sieben Uhr diesen Morgen, als wir durch unsere Handys gescrollt hatten, um die richtige Matratze zu finden, und bei einigen der Beschreibungen schnaubend gelacht hatten.

„Fest bis hart, wird diese Matratze Sie auf einer Welle der Freude tragen", las Ten vor und ich schnaubte so heftig, dass ich Gordie aufweckte, der dann mit einer Hälfte meines liebsten Paar Schuhe Apportieren spielen wollte.

Da war die Arbeit vergessen gewesen, aber jetzt waren wir wieder mittendrin. Tanner war hier, wirkte fröhlicher und ich sah ihn mit Connor plaudern, dem Kapitän der Railers. Er hörte ihm zu und warf hin und wieder etwas ein. Ich unterbrach ihn nicht. Connor war der Anführer in der Umkleide und Tanner fühlte sich bei ihm wohl. Ich redete ebenfalls mit Tanner, aber wir beschränkten uns auf Hockey, auch wenn Westy nie mehr als ein paar Meter entfernt war, so nahe bei uns blieb, wie er es wagte, ohne dass es seltsam wirkte.

Es war definitiv seltsam.

Aber nach dem Training würden wir Zeit mit

Soren und Milo verbringen. Wir holten Lottie ab und fuhren zur Reptilienfarm. Wir waren pünktlich, sogar ein wenig zu früh, darum standen wir auf dem Parkplatz neben unserem SUV herum und warteten. Ich war von Aufregung, Nervosität und Sorgen überwältigt, aber Ten ging es nicht anders, so wie er die Schlüssel um seine Finger wirbeln ließ.

„Ich mag die Jungs", verkündete Lottie, um das Schweigen zu brechen, und dann verzog sie das Gesicht und zeigte uns ein blendendes Lächeln. „Aber Grammy sagt, dass Jungs stinken."

Sie irrte sich nicht – wenn man Zeit in einer Umkleide verbrachte, war Gestank das absolut beste Wort, um sie zu beschreiben, aber ich konnte mir vorstellen, dass sie über Ten und seine Brüder redete, Brady und Jamie. Ich konnte mich nicht erinnern, dass Ryker sonderlich gestunken hätte, abgesehen von nach dem Hockey, aber andererseits waren seine lockigen Haare sein ganzer Stolz gewesen, darum duschte er oft. Oder war das seine Mom gewesen, die ihn oft zum Duschen gezwungen hatte? Wer wusste das? Ich würde sie irgendwann fragen müssen.

„Nicht alle Jungs stinken", versicherte Ten ihr und ging in die Hocke, um einen ihrer seitlichen

Pferdeschwänze zurechtzurücken, der ein wenig nach unten gerutscht war. „Ich will wetten, dass Soren und Milo nicht stinken."

„Hmmm", sagte sie, als ob dies eine große Sache wäre, über die sie nachdenken musste.

Sie wartete ungeduldig, bis Ten ihre Haare in Ordnung gebracht hatte, was schwierig war, weil sie sich ständig bewegte, und hüpfte dann davon zum Willkommensschild, verpasste es, als Dales Auto, mit Soren und Milo an Bord, ankam und neben unserem parkte. Für einen Moment war es mir peinlich, dass unser Auto brandneu war – ein Tennant Madsen-Rowe Sponsorship Deal mit einem Autohändler aus der Stadt, etwas, das wir geschenkt bekommen hatten und wünschte mir, wir hätten ein älteres Auto gekauft, das nicht so auffiel. Ich machte mir Sorgen, dass wir zu viele Signale aussendeten, dass wir versuchten, Sorens und Milos Zuneigung zu kaufen. Sie mussten verstehen, dass wir unter dem Hockey normal waren, und ich machte mir eine geistige Notiz, später mit Ten darüber zu reden.

Milo kam zuerst heraus, in einem neuen Railers-Oberteil mit Tens Nummer auf dem Rücken, rannte an uns vorbei und direkt zu Lottie, die vor Freude quietschte. Sie umarmten sich und starrten das Schild mit seinen Schlangen und Eidechsen an und vielen anderen grauenvoll angsteinflößenden Kreaturen. Soren folgte schnell, hatte ein Auge auf seinen Bruder und trug definitiv kein Railers-Merch.

„Hi, Soren", fing Ten an und ich fügte ebenfalls ein Hi hinzu.

„Hi", gab er nach einem Moment zurück, starrte dann auf seine Füße, seine Haare fielen ihm ins Gesicht.

Dale blieb still und in der Nähe des Autos und deutete mit einer Bewegung seines Handgelenks an, dass er sich zurückhalten und nur beobachten würde. Lief es so? Was, wenn wir schlechte Menschen waren, die Kinder misshandelten? Wo begann das Vertrauen für mögliche neue Eltern?

Wir sind nicht die bösen Jungs. Das weiß er wahrscheinlich. Aber woher weiß er das?

„… Jared? Was denkst du?"

Ich riss mich aus meinem Mahlstrom widerstreitender Gedanken und blinzelte Ten an. „Entschuldige, wie bitte?"

„Sollen wir reingehen, das Café suchen und zuerst etwas trinken?", wiederholte Ten.

Ich nickte auf der Stelle. Koffein klang gerade im Moment großartig. Ich warf einen Blick auf

Soren, der mich mit einem Hauch von Misstrauen anstarrte. Scheiße. Das Letzte, was ich tun sollte, war, den Faden zu verlieren. Er dachte wahrscheinlich, dass ich wegen irgendetwas angepisst war.

„Klar, ich weiß, dass sie alle möglichen Getränke dort haben, wie Cola und Kaffee, aber trinkst du Kaffee? Bist du zu jung für Kaffee?" Scheiße. Scheiße. Scheiße. Jetzt plapperte ich sinnlos.

Soren zog seine dünnen Schultern nach hinten und hob sein Kinn. „Hört zu, ich verstehe, dass ihr mich nicht hierhaben wollt, aber ihr solltet besser auf Milo aufpassen und sicherstellen, dass er heute Spaß hat", schnappte er und seine Augen funkelten vor Emotionen.

Was hatte ich getan? Das war nicht respektvoll, oder? Aber andererseits hatte ich es zuerst verbockt und jetzt war alles chaotisch.

„Klar werden wir das", unterbrach Ten. „Aber, Kumpel, das war nicht cool."

Soren schnaubte abfällig. „Der alte Kerl starrt mich an, als ob er mich nicht hierhaben möchte, aber wo Milo hingeht, gehe ich hin und wenn ihr beide den fröhlichen, perfekten Milo haben wollt, dann bekommt ihr mich dazu oder ihr bekommt

Milo überhaupt nicht. Habt ihr das kapiert?" Soren hatte einen Lauf und ich wusste nicht, was ich sagen sollte – all meine Eltern-Fähigkeiten hatten mich verlassen.

Ten trat zwischen uns und legte eine Hand auf Sorens Schulter, die er nicht abschüttelte, was also ein Sieg für Ten war. „Erstens, Jared ist nicht alt, zweitens, es ist nicht cool, unhöflich zu sein."

„Wie auch immer", murmelte Soren und dann herrschte Schweigen und schließlich fügte Soren ein leises *tut mir leid* an, aber er war eindeutig noch nicht fertig.

„Ich weiß, dass er brav ist", fing Soren an. „Milo ist einfach und er ist ein Kind und ich weiß, dass er eines Tages ein Zuhause finden wird, aber bis dahin – bis er wirklich sicher ist – werde ich nicht auf eure Geschenke hereinfallen und euer falsches Lächeln und ihr könnt uns nicht trennen."

Falsches Lächeln? War es das, was ich machte? Und Soren dachte wirklich, dass wir nur Milo wollten? Dachte, dass jeder, der sie sah, sie trennen wollte? Auf gar keinen Fall und plötzlich waren all meine Eltern-Fähigkeiten wieder da. Ich schob Ten sachte zur Seite und er warf mir einen Seitenblick mit einer leisen Warnung zu.

„Milo-Soren ist ein Paket, okay?" Ich schaute zu

Ten, der nickte. „Wir haben vor, euch beide zu adoptieren. Zusammen." Da lächelte Ten – wir beide wussten, was wir wollten, und es waren die Jungs. Soren wirkte weiterhin nicht überzeugt, aber ich hatte noch ein Ass im Ärmel. „Unser Sohn, Ryker Madsen-Benson, du kennst ihn?"

„Klar", murmelte Soren, und räusperte sich dann. „Stürmer, Arizona Raptors. Ich kenne ihn."

„Ja, nun, er würde der große Bruder für euch beide sein und unsere Familie würde aus Ryker, Lottie, dir und Milo bestehen. Und Jacob natürlich. Okay?"

Wow, das war eine Menge auf einmal für ihn und ich wartete darauf, dass er es verarbeitete. Ich erwartete keine Umarmungen oder Tränen oder dass er mir ebenfalls eine Rede hielt, aber ich freute mich, dass er zögerlich nickte, bevor er zu seinem Bruder und Lottie joggte. Er breitete seine Arme aus und Lottie kletterte nach oben, um ihn zu umarmen. Mein Brustkorb verengte sich bei dem Aufflammen der Liebe für die beiden Jungen, die wir adoptieren wollten.

„Sehr gut gemacht, Daddy Jared", flüsterte Ten und wir beide blickten zu Dale, der nicht in unsere Richtung schaute, aber wahrscheinlich alles gehört hatte.

„Haben wir es gerade verbockt?"

„Nicht im Geringsten", versicherte Ten mir und dann sammelten wir Hand in Hand die Kinder ein und begannen einen Tag voller Schlangen und Eidechsen.

Und es war der beste Tag aller Zeiten.

SIEBEN

Ten

Ich musterte meinen Ehemann noch einmal von oben bis unten.

„Ich finde, dein Bart ist zu lang", erklärte ich ihm, ging zu Jared, um den langen weißen Bart zu kürzen, den er angezogen hatte. Ich machte einen Schritt zurück, musterte den Bart noch einmal und nickte dann. „Perfekt. Du siehst genau richtig aus."

„Muss ich ohne Oberteil gehen? Das fühlt sich peinlich an", protestierte Jared, während ich mich beeilte, den Kopf meines Flunder-Kostüms anzuziehen.

„*Du* fühlst dich peinlich? Versuch, als Fisch herumzuwanken", sagte ich aus dem riesigen gelb-blauen Fischkopf aus Filz heraus.

Ich hörte ihn seufzen, als ich gegen das

Nachtkästchen stieß. „Sind wir der Meinung, dass wir Lottie jemals wieder erlauben sollten, unsere Kostüme auszusuchen?"

Ich angelte nach der Nachttischlampe, fing sie in meinen Flossen, bevor sie zu Boden fiel. „Ich habe dich gebeten, etwas auszusuchen und du hast gesagt, dass es dir egal ist." Mann, es war schwierig, Dinge mit Flossen anstatt Händen zu machen.

„Nun, es ist mir nicht egal." Ich schaute zu ihm und sah, wie er versuchte, den falschen weißen Bart über seine Nippel zu ziehen. Das brachte mich zum Kichern. Sein blauer Blick ruckte zu mir. „Deine Rückenflosse macht mich an."

Das ließ mich in Gelächter ausbrechen. Ich wollte ihm gerade sagen, dass ich ihm meine Flosse nach der Party zeigen würde, aber da kam unsere Tochter an. Chloe hielt ihre Hand. Ich hatte noch nie in meinem Leben eine hübschere Meerjungfrau gesehen.

„Du siehst wunderbar aus", sagte ich zu ihr.

Sie schlenkerte ihre langen roten Haare aus dem Gesicht. „Ich bin Prinzessin Arielle", informierte sie uns, rannte dann los, um Jared, König Triton, zu umarmen. Gordie kam in seinem roten Krabbenkostüm an, trug einen von Jareds Laufschuhen in seinem Maul.

„Alle sehen wunderbar aus", erklärte Chloe, wobei sie den Nike aus Gordies sabberndem Maul zog. Der Schuh war ein wenig feucht, aber ganz. Es klingelte. Wir eilten die Treppe hinunter, stolperten über Gordie, der immer als Erster an der Tür eintreffen musste – und ich meinte wirklich *treffen*.

Ich packte das blaue Halsband des Hundes und öffnete die Eingangstür. Auf der Stufe stand Dale, der überrascht zu sein schien, dass eine Flunder ihn begrüßte. Dann dämmerte die Erkenntnis in seinem Gesicht.

„Ahh, endlich verstehe ich. Diese beiden ergeben jetzt Sinn." Er deutete auf Milo in einem weißen Seemöwen-Kostüm und Soren, der ein weißes Hemd trug, eine rote Schärpe um seine schlanke Taille und eine blaue Hose, die über die Waden hochgestülpt war. Er hatte sogar schwarze Stiefel gefunden. Er gab einen verdammt guten Prinz Erik ab. Wir bedeuteten ihnen, ins Haus zu kommen. Chloe eilte herum, um sich für die Ströme an Kindern bereit zu machen, die bald auf die Straßen kommen würden, füllte Schüsseln mit Süßigkeiten, die sie verteilen würde.

Nach einer wilden Suche nach Arielles Schuhen – Lottie machte einen kleinen Aufstand, weil sie Schuhe unter ihrem Schwanz tragen sollte, weil

Meerjungfrauen keine Füße hatten – waren wir zu spät. Schon wieder. Ich hatte nie wirklich verstanden, wie Menschen sich immer verspäten konnten, bis wir Charlotte bekommen hatten. Gerade wenn man denkt, man wäre bereit, pünktlich aus der Tür zu segeln, kam etwas – in der Regel in Bezug auf das Kind – dazwischen. Nicht auffindbare Schuhe waren eines von tausenden die Zeit verschlingenden Dingen. Die flachen schwarzen Schuhe fanden wir in ihrer Spielzeugkiste. Die Jungs standen im Flur, Milo mit seiner Süßigkeiten-Tüte, Soren musterte das Chaos stoisch. Dass er sich verkleidet hatte, war ein Schock. Er war überhaupt nicht auf die ganze Halloween-*Sache* gestanden, bis Milo und Lottie ihn angefleht hatten. Der Junge war bei seinem Bruder und Charlotte ein Softie. Bei uns? Noch nicht wirklich. Aber wir gaben ihm Zeit, sich anzupassen und Vertrauen zu fassen.

Wir scheuchten die Kinder zum SUV, schafften alle hinein und schnallten sie an, winkten dann Dale am Gehsteig. Das war unser erster nicht überwachter Ausflug. Wir hatten mehrere mit Begleitung gehabt, von der Reptilienfarm über eine Tour durch das Capitol Building bis hin zu einem Footballspiel an unserer örtlichen Highschool.

Traurigerweise konnten wir nicht wie die meisten Leute von Tür zu Tür gehen. Die Mengen an Fans, die um mich herumschwärmen würden, machten so etwas unmöglich. Was wir stattdessen machten, war, zu einer Team-Party zu gehen. Dieses Jahr, wie meistens, fand sie in Stans Haus statt und Ja, Gordie war mehr als willkommen. Ein weiterer Hund würde keinen Unterschied machen.

Die Kinder redeten auf dem Rücksitz miteinander, Lottie plauderte darüber, dass sie dachte, Meerjungfrauen sollten spitze Gabeln tragen wie König Triton.

„Diesbezüglich wird sie nicht locker lassen, oder?", fragte Jared.

Ich schüttelte meinen Kopf. Mein Fischkopf glitt zur Seite. Gut, dass ich nicht fuhr.

Als wir in Stans lange Auffahrt fuhren, keuchten die Jungs leise. Ja, es war eine Villa, in der sogar Elvis sich zu Hause fühlen würde. Über die Jahre hatte das riesige Haus angefangen, Graceland sehr ähnlich zu sehen, bis hin zu den griechischen Säulen und Steinlöwen am Eingang. Autos und Trucks standen an der gewundenen Auffahrt aufgereiht. Wir parkten hinter Adlers neuem SUV. Jared und ich drehten uns nach hinten. Gordie leckte am Fenster, seine Krabbenantennen waren schlaff und feucht. Er hatte wahrscheinlich auf ihnen herumgekaut. Lottie lächelte uns an und hob ihre Beine – Entschuldigung – hob ihren Schwanz. Die Jungs wirkten etwas unsicher.

„Ich weiß, dass es überwältigend aussieht, aber es werden jede Menge Kinder da sein. Ihr könnt einfach mit ihnen abhängen oder bei uns und dem Team chillen. Wie auch immer ihr euch am wohlsten fühlt."

„Ich passe auf die Kinder auf", verkündete Soren mit einer Sicherheit, die nicht ganz zu seinem nervösen Gesichtsausdruck passte.

„Okay, cool. Ich bin mir sicher, dass Mama auch da sein wird. Sie steht nicht sonderlich auf große Partys."

„'Mama'?", fragte Milo.

„Du wirst schon sehen", antwortete Jared lächelnd.

Und so gingen wir hinein, unsere kleine Gruppe Meeresbewohner. Die Eingangstür stand offen und wir marschierten einfach ins Innere. Unheimliche Halloween-Songs füllten die Luft. Es gab Spinnweben, ausgehöhlte Kürbisse und Leute in allen möglichen Kostümen. Lottie entdeckte die Süßigkeiten zur selben Zeit, als Stans Hunderudel Gordie fand. Ein irrer Schwanz-wedeln-und-

Hintern-schnüffeln-Augenblick fand statt, bis Stan – gekleidet in ein lila Minikleid und mit einer hohen schwarzen Perücke, sowie einer lila Netzstrumpfhose über seinen langen Beinen – erschien. Er hatte irgendwie pflaumenfarbene Go-Go-Stiefel gefunden, in die seine riesigen Füße passten. Jemand hatte sein Make-up ziemlich gut hinbekommen, aber sein Bart wuchs jetzt durch die Foundation und den Puder.

„Ah, hier seid ihr mit den neuen Jungs!" Stan ging zu Milo und Soren, nahm sie an den Schultern und küsste jedem Jungen die Wangen. „So gut aussehende Männer! Ich höre viel von euch. Das ist mein Heim und meine Hunde, die Nasen an Hintern drücken! Hört auf, so unhöfliche Sachen im Foyer zu machen. Mein Ehemann ist hier irgendwo, macht Geister-Popcorn mit Karamell für die Kinder. Wollt ihr ins Spielzimmer gehen oder die Erwachsenen kennenlernen?"

„Onkel Stan! Sag mir, dass ich eine gut aussehende Meerjungfrau bin", erinnerte Lottie den Goalie, der sie hochhob, ihre Wangen küsste und dann mit ihr plauderte, während er sie ins Spielzimmer trug.

Wir folgten, winkten den Railers und ihren Partnern, als Stan uns zu dem riesigen Raum im hinteren Teil des Hauses führte. Darin befanden sich ungefähr zwanzig Kinder, zirka ein Dutzend Hunde und Mama saß in der Ecke auf einem Holzschaukelstuhl und strickte. Sie strahlte, als Stan den Raum betrat. Ihr Sehvermögen sorgte Stan. Etwas über Makuladegeneration, weswegen sie Spritzen in die Augen bekommen musste. Ich schauderte bei dem bloßen Gedanken daran, aber Mama hatte ihre erste Runde tapfer überstanden. Mehrere Moms und Dads winkten uns von dem Sofa, von dem aus sie ihren Kindern beim Spielen zuschauten. Ich schaute auf Soren und Milo hinunter. Mein Fischkopf rutschte nach vorne. Gordie wurde von der Leine gelassen und verbreitete seine Liebe unter all den Kindern und zwei alten Hunden, die neben Mama ruhten. Ich hatte den Überblick verloren, wie viele Tierheimhunde diesen Ort jetzt ihr Zuhause nannten.

„Dämlicher Fischkopf", murmelte ich, während ich den Kopf auszog. „Na gut, wie ihr sehen könnt, gibt es hier eine Menge zum Spielen." Das war keine Lüge. Der helle Raum in Gelb und Grün war wie das Innere eines FAO Schwarz Spielzeugladens. „Hier drüben gibt es Videospiele." Ich deutete auf die entgegengesetzte Wand, wo ein paar ältere

Kinder am Boden saßen und ein Rennspiel spielten, so wie es aussah. Milo kaute auf seiner Lippe. Stan setzte Lottie ab und sie rannte sofort zu einer Gruppe kleiner Mädchen mit Plastikschwertern und Schilden. Noah und Margo waren in ein Fantasy-Kartenspiel auf einem großen Holztisch in der Ecke vertieft.

Eva suchte sich einen Weg durch die wilden Kinder, um uns zu begrüßen. Sie war jetzt so eine junge Dame. Wunderschön wie eine Blume, lächelnd und gesund und der Augapfel ihres Vaters. Mir tat der junge Mann leid, der wegen eines Dates an ihre Tür klopfte. Stan kämpfte tapfer, aber ihr sechzehnter Geburtstag stand bevor und in diesem Alter fing das Daten an, laut Mama. Außerdem auch Make-up. Laut Stan.

„Hallo", sagte Eva, ihr Akzent war jetzt weicher als noch vor ein paar Jahren, aber immer noch sehr auffällig. Soren schluckte so laut, dass ich es deutlich über dem Lärm hören konnte. Sie schüttelte uns die Hände, schaute dann Soren an, der scheinbar vergessen hatte, dass er Hände besaß. Ich stupste ihn an. Er erschrak, sagte etwas über Fischkiemen und drehte sich dann um, verließ das Spielzimmer. Eva schaute uns an.

„Er ist ein wenig überwältigt", erklärte ich ihr,

versuchte, nicht unhöflich zu sein und los zu sprinten. „Vielleicht sollte ich ihn suchen." Ich deutete mit einem Daumen in die Richtung, in die unser stoischer Prinz verschwunden war, verließ dann das Spielzimmer und überließ es Jared, Small Talk zu machen.

Ich brauchte ein paar Minuten, aber schließlich fand ich Soren draußen zwischen einer Horde aus Vogelscheuchen und Heuballen sitzen. Ich ging zu ihm, nahm auf einem frostigen Heuballen Platz und legte meinen Fischkopf auf den Boden.

„Also, hey, hier ist ziemlich viel los, huh?", fragte ich. Er nickte, seine Wangen waren rosa. Ob von der Kälte oder der Schönheit von Eva Lyamin konnte ich nicht sagen. „Stan ist ein großartiger Kerl. Er ist mein bester Freund."

„Guter Goalie", murmelte er, schaute dabei seine schwarzen Stiefel an.

„Großartiger Goalie, ja. Welche Position spielst du?"

„Stürmer." Er beugte sich vor, seine Schultern sanken nach unten, seine Haare fielen ihm ins Gesicht. Ich entdeckte ein paar Pickel auf seiner Nase. Ugh, der Fluch meiner Teenagerjahre. Akne. Und Sport zu machen, half überhaupt nicht. All der Schweiß, der die Poren verstopfte … „Ist alles in Ordnung?"

„Ja, alles gut. Ich wollte nur rausgehen."

„Verstanden. Sie ist wirklich hübsch. Eva, meine ich." Er zuckte mit den Schultern. Uh-huh. „Sogar ein schwuler Mann wie ich kann ein hübsches Mädchen zu schätzen wissen. Ich will wetten, wenn du wieder reingehst und mit ihr redest, würde sie dich gern herumführen."

„Sie ist nichts für mich", antwortete er und ein eisiger Wind wehte um die Villa, trieb tote Blätter über die Auffahrt. Ich zitterte in meinem Fischanzug. Soren musste in seinem dünnen Hemd erfrieren.

„Stehst du nicht auf Mädchen?", fragte ich, weil das wichtig zu sein schien.

„Ich mag Mädchen. Jungs auch. Sie ist reich und ich bin arm. Ende der Geschichte."

Oh. Okay. Nun, immerhin machte ich ein paar Fortschritte. Zumindest war er mir gegenüber offen gewesen, was seine sexuelle Orientierung anging. Riesiger Schritt vorwärts, was das Vertrauen betraf.

„Ja, ihre Dads verdienen ziemlich viel Kohle, aber Eva wird nicht auf dich herabblicken, weil du nicht in einer Villa wohnst", erklärte ich. Er schnaubte. „Sie ist erst vor ein paar Jahren aus

Russland hergekommen. Sie waren sehr arm." Er schaute mich an. „Ja, sehr arme Bauern. Darum weiß sie, wie es ist, von wenig in eine Welt zu kommen, in der man alles haben kann. Sie könnte eine gute Freundin sein, wenn du dir die Mühe machst. Ich meine nur."

Er musterte die Spitzen seiner Stiefel für eine sehr lange Zeit. Meine sexy Rückenflosse war jetzt wahrscheinlich eiskalt und schlaff.

„Ich sollte besser nach Milo sehen", verkündete er im Aufstehen. Ich erhob mich ebenfalls und wir gingen zurück ins Haus, er langsam nach oben, ich schaute zu, bis er außer Sichtweite war. Dann ging ich zur Bar, wo Jared stand, einen geliehenen Sweater über seinem männlichen Brustkorb. Er reichte mir eine Sprite mit einem Zitronenschnitz.

„Geht es ihm gut?", fragte Jared, während „Monster Mash" aus den Lautsprechern dröhnte.

„Ja, ich glaube schon. Wir müssen uns unterhalten, wenn wir nach Hause kommen." Dafür bekam ich eine hochgezogene Braue. „Nein, es ist nichts Schlimmes, nur etwas, von dem ich denke, dass du es wissen solltest. Meine Zehen sind kalt. Ist meine Rückenflosse immer noch sexy oder ist sie in der Kälte weich geworden?"

Ich drehte mich herum, um ihm meine

Rückenflosse zu zeigen. Er lachte, trat dann hinter mich, seine Stimme sank zu diesem leisen, sinnlichen Grollen herunter, das mich sofort anmachte. „Sie ist genauso sexy wie zuvor. Aber sie fühlt sich ein wenig kalt an. Ich denke, ich sollte sie aufwärmen, wenn wir nach Hause kommen."

Ich fand, das war eine verdammt gute Idee.

MEIN EHEMANN HATTE UNGLAUBLICH WARME und wunderbare Finger.

Außerdem war meine Rückenflosse nicht länger kalt, genauso wenig wie mein Körper. Das Kostüm lag am Fußende des Bettes, zusammen mit Jareds Bart, Perücke und Dreizack.

Ich stöhnte tief, wölbte mich auf, um mehr von meinem Schwanz in seinen Mund zu bekommen. Da mein Hintern auf zwei Kissen lag, musste ich ein Bein benutzen, um nach oben zu drücken. Das andere ruhte auf seiner Schulter. Er summte. Meine Eier wurden hart. Ich krallte mich ins Bettzeug, meine Lippen aufeinandergepresst, die Augen geschlossen, während er meine Prostata immer und immer und immer und immer wieder streichelte …

„Kurz davor …", hustete ich heraus, atemlos und vor Lust zitternd.

Seine Lippen glitten zur selben Zeit von meinem Schwanz wie seine dicken Finger aus meinem Hintern. Er kam über mich, platzierte meinen linken Knöchel hinter seinem Kopf, als sein Schwanz mein Loch fand, als ob er eingebautes Radar hätte. Mit einem Zucken seiner Hüften war er in mir, sein Schwanz dehnte mich weit.

„Scheiße … oh Scheiße … so gut."

„So verdammt gut", flüsterte er rau und packte meinen Knöchel fest.

Er musste nicht fragen, was ich wollte oder wie. Er wusste es. Wir waren jetzt lange genug verheiratet, dass wir einander wie Violinen spielen konnten. Uns in einer Nacht gegenseitig an den Rand des Wahnsinns treibend und uns in der nächsten gegenseitig in die Matratze fickend, war der Orgasmus immer das einzige Ziel. Heute war eine dieser Schnell-kommen-Nächte. Er rammte mit solch reiner Gewalt gegen diese süße Stelle, dass ich mich fragte, ob ein Mann von zu viel Stimulation an der Prostata ohnmächtig werden konnte. Vielleicht. Wenn Ja, dann war es eine großartige Art, wegzutreten. Ich griff nach meinem Schaft, der bei jedem seiner Stöße gegen meinen Bauch klatschte. Seine Augen blitzten auf, als ich mit dem Schlitz spielte, Liebestropfen sammelte, sie dann zwischen seine Lippen presste. Er biss zärtlich auf meinen Daumen, seine Zunge bewegte sich über die Spitze. Ein Stöhnen rumpelte aus meinem Brustkorb heraus, als er meinen Finger reinigte. Ich ließ meinen Daumen zwischen seinen roten Lippen ruhen, nahm meinen Schwanz in meine linke Hand.

„Ich … so … jetzt", grunzte er, ließ seine Hüften heftig nach vorne schnappen, trieb seinen Schaft so tief in mich, dass es mir den Atem raubte.

Meine Hand fiel von seinem Gesicht. Ich konnte schwören, dass ich seinen Schwanz bis in meine Kehle hinauf pulsieren fühlen konnte. Wenn nur …

Ich kam, als er mich mit heißer Wichse füllte. Ruckartig zuckend, spürte ich, wie die warmen Spritzer Samen meinen Bauch, meinen Brustkorb und mein Kinn bedeckten. Jared gab einen Laut von sich, wie man ihn bei Leoparden hören konnte, fiel dann nach vorne, zerquetschte mich, als er meine Lippen fand und dann in einem heftigen Kuss für sich beanspruchte. Die Finger glitschig von Wichse, schob ich meine Hände in seine Haare, verschmierte den Samen, als seine Zunge sich mit meiner paarte.

„Ten", keuchte er, als der Kuss endete, zog sich

zurück, sein Schwanz hinterließ eine feurige Spur über der Innenseite meines Oberschenkels, die ich mit zitternden Fingern nachfuhr und sie dann an meinen Mund hob. Den Blick auf seinen gerichtet, schob ich meine Finger zwischen meine Lippen und leckte seine Wichse auf, während er mir dabei zusah. Diese blauen Augen waren so heiß wie flüssige Saphire. Er zog mich von den Kissen, drückte mich mit Leichtigkeit auf das Bett. Ich wehrte mich nicht. Auf gar keinen Fall. Sein Mund legte sich auf meinen. Unser Geschmack vermischte sich. Meine Hände wanderten über ihn, liebkosten seine Seiten und seinen Hintern. „Jesus Christus."

„Bring ihn nicht mit ins Spiel", seufzte ich, als mein Körper schlaff wurde.

„Du wunderschöner Mann", flüsterte er, drückte einen Kuss auf mein Schlüsselbein und rollte sich dann auf seinen Rücken, seine Atmung war immer noch schwer.

„Du liebst mich wegen meiner Rückenflosse", antwortete ich atemlos. Ich warf meinen Arm über meinen Brustkorb und verzog das Gesicht, als er in klebriger Wichse landete. „Ugh, ich bin total verschmiert."

Er setzte sich langsam auf. Ich lag befriedigt da,

genoss, wie seine Muskeln sich unter seiner Haut spannten und rollten, als er sich bewegte. Als er aufstand, lächelte ich die feinen blonden Haare an seinem knackigen Hintern an. Nichts war heißer als Jareds Hintern. Vielleicht war es die Sache mit den Hockeyspielerhintern – wir alle hatten ordentliche Hinterteile, was bedeutete, dass alle unsere Hosen maßgefertigt sein mussten, um überhaupt über unsere Ärsche und Oberschenkel zu passen – oder vielleicht lag es nur daran, dass sein Hintern an ihm festgemacht war.

Jared ging ins Bad, um sich zu waschen, und brachte mir dann einen warmen, feuchten Waschlappen. Ich hatte mich nicht bewegt. Tatsächlich glaube ich, dass ich für eine Sekunde eingeschlafen war. Er setzte sich neben mich, wischte dann den abkühlenden Samen von meinem Bauch und Brustkorb, seine Berührung war beinahe verehrend, als würde er Michelangelos *David* abwischen.

„Du bist wirklich der schönste Mann, den ich je gesehen habe", sagte er.

„Ich sage es noch einmal, du liebst mich nur für meine Anhängsel", gab ich zurück und bekam ein herzhaftes Lachen von ihm, bevor er den Waschlappen in den Wäschekorb warf und sich dann neben mir ausstreckte. Wir würden kurze Hosen anziehen, bevor wir ins Bett gingen, für den Fall, dass Lottie hereinkam, weil sie Probleme mit geschlossenen Türen hatte. Sie mochte sie überhaupt nicht und schlug in der Nacht laut dagegen, wenn sie aufwachte. Am besten war es, nicht mit flatternden Eiern erwischt zu werden, wenn man aus dem Bett sprinten musste.

„So eine sexy Rückenflosse", zog er mich auf, während sein großer Körper ins Bett schmolz. Ich rutschte an seine Seite, ließ meinen Kopf auf seinen Bizeps sinken.

„Also, Soren ist bi", meinte ich im Konversationston. Das brachte ihn dazu, den Kopf zu heben. Sein Blick richtete sich auf meinen. „Ja, er hat mir auf der Party irgendwie gestanden, dass er beide Geschlechter mag."

„Äh, wow, okay. Nun, dann müssen wir uns also um dieses Thema kümmern", murmelte Jared, legte dann seinen Kopf zurück auf das Kissen. Ich strich mit einem Finger um seinen Nippel. Er zuckte ein paar Mal, bevor er spielerisch nach meiner Hand schlug. „Wie ist das überhaupt zur Sprache gekommen?"

„Nun, er war in Evas Gegenwart so nervös, ist dann geflohen und als ich ihn gefunden habe, habe ich ihn irgendwie gefragt, ob er findet, dass sie hübsch ist und er hat geantwortet, dass sie nichts für ihn ist. Darum habe ich ein wenig nachgehakt und ihn gefragt, ob er nicht auf Mädchen steht. Worauf er geantwortet hat, dass er Jungs und Mädchen mag."

„Das sollte ihm und Ryker eine gemeinsame Basis geben."

„Ja, er wird zu all den anderen Regenbogenkriegern passen, mit denen wir verwandt sind, spielen oder die wir kennen." Jared gab einen verschlafenen Laut der Zustimmung von sich. „Denkst du, wir sollten Dale fragen, ob sie vielleicht einziehen können? Wir haben eine Tonne begleiteter und unbegleiteter Besuche absolviert. Vielleicht ist es an der Zeit?"

„Wir müssen die Handwerker dazu bringen, ihre Schlafzimmer schneller fertigzustellen", antwortete er, verlagerte dann sein Gewicht zur Seite, um mich anzustarren. „Wir müssen uns zu einhundert Prozent sicher sein, Tennant. Die Jungs stehen Lottie bereits nahe und sie ihnen."

„Ich weiß. Ich will, dass sie hier wohnen. Ich weiß, dass es ein paar Probleme geben wird, sobald die Flitterwochenphase vorüber ist. Davor haben sie uns in der Selbsthilfegruppe für Adoptiveltern gewarnt, an der wir letztes Wochenende per Zoom teilgenommen haben. Ich denke, dass wir ihnen ein wunderbares Heim bieten können. Wir sind verdammt cool."

„*Du* bist verdammt cool."

„Du bist auch cool. Natürlich nicht so cool wie ich, denn, nun, ich bin Tennant Madsen-Rowe. Hast du meinen tätowierten Hals gesehen?" Ich rollte meinen Kopf, damit er den Rowe Familienlöwen auf meiner Haut sehen konnte. Eine großartige Art, die Narbe von einer Kufe zu verdecken, die mich getötet hätte, wenn sie meine Kehle erwischt hätte.

„Ich habe ihn gesehen. Ich habe vor ein paar Minuten daran gesaugt. Direkt an seinem sexy Schwanz."

Ich lehnte mich leicht zurück. „Was ist heißer? Meine Rückenflosse oder mein Schwanz?"

„Dein liebendes Herz."

Meine Augen wurden ein wenig feucht. Ich rollte mich über ihn und küsste ihn mit all der Liebe, die ich in meinem liebenden Herzen für ihn hatte.

ACHT

Jared

Die Dokumente waren unterschrieben und bei unseren Anwälten – die Absichtserklärung zu adoptieren war unsere Zustimmung, dass Soren und Milo bei uns wohnten und heute war der Tag, an dem die Jungs einzogen.

Es lief nicht so prickelnd.

Es sollte einfach sein – Soren und Milos Zimmer waren vorbereitet, Lottie war als Arielle angezogen, weil es ein besonderer Anlass war und sogar Gordie machte mit, als Lottie ihm einen Chiffonschal um das Halsband wickelte. Lottie hatte geholfen, ein ‚*Willkommen in der neuen Familie*‘-Schild zu malen, und rückte jetzt winzige Cupcakes zurecht, die Chloe gebacken hatte. Ich wusste nicht, wer aufgeregter war, wir oder Lottie. Oder vielleicht

Gordie, der eindeutig wusste, dass *etwas* vor sich ging und nicht aufhörte, mit dem Schwanz zu wedeln.

Kurz nach zehn fuhr Dale, wie abgemacht, durch unser Tor. Ten und ich warteten mit Lottie und wir hatten Ryker auf Zoom, damit er seine neuen Brüder willkommen heißen konnte. Alle Pläne entwickelten sich perfekt – wir würden aus einer dreiköpfigen Familie eine fünfköpfige Familie machen und ich würde vier Kinder haben. Aber genau wie alles, was im Moment mit den Railers passierte, von Tanner bis hin zu den Niederlagen, schien auch hier alles schiefzulaufen.

Soren und Milo kletterten aus dem Auto und es gab eine hitzige Diskussion und Umarmungen und dann war es Milo, der zu uns ging, das Gesicht verzogen, mit Tränen, die ihm an den Wangen hinunterliefen. Er rannte direkt zu Ten, der ihn auffing und festhielt. Was zur Hölle? Ich versuchte, Milos geschluchzte Worte zu verstehen, war aber von der Tatsache abgelenkt, dass Soren beim Auto stand, die Arme über seinem Brustkorb verschränkt, sein Kinn auf diese vertraute defensive Art vorgereckt, die ihm eigen war.

Ich verließ die Eingangstür und ging direkt zu

ihm. „Soren?", fragte ich mit dem Gewicht von einhundert Fragen und er versteifte sich.

Ich fing Dales Blick auf der anderen Seite des Autos ein. Er zeigte mit einer subtilen Bewegung, dass er nicht wusste, was los war. „Komm ins Haus."

Er versteifte sich. „Es ist besser so."

„Was?"

„Ich weiß, dass du und Ten die guten Jungs seid", meinte er nach einer Pause. „Aber ich werde euch nie Dad oder irgendeinen anderen Reicher-Typ-Namen geben können, der euch einfällt."

„Dann nenn uns Jared und Ten, wir erwarten nichts."

„Nun, das solltet ihr", schnappte Soren.

„Lass uns reingehen und darüber reden."

„Nein. Ihr habt Milo, er ist das beste Kind." Soren hielt mir ein Stück Papier hin und darauf stand eine Liste und dazu Zahlen. „Er hasst Gemüse, aber er liebt Lasagne, also müsst ihr den Scheiß da drin verstecken, kapiert? Er hat manchmal Albträume und wenn ihr mich dann braucht, könnt ihr mich anrufen und ich kann ihn beruhigen. Sorgt dafür, dass er sich die Zähne putzt und auf sich aufpasst."

„Ich verstehe nicht." Ich warf einen Blick über meine Schulter, wo Ten immer noch Milo tröstete. Lottie weinte. Ten hatte sein Handy in der Hand und ich fragte mich, ob Ryker immer noch verbunden war. *Ich wünschte, er wäre hier. Er und Jacob.* „Was ist los? Wie wäre es, wenn du versuchst, mit mir zu reden?" Ich setzte mich auf die niedrige, dekorative Mauer, die ein Blumenbeet am Tor umrahmte, weil ich instinktiv das Gefühl hatte, dass ich über Soren aufragte und das Letzte, was er gerade brauchte, war ein Erwachsener, der ihm das Gefühl gab, klein zu sein. Sein Blick blieb auf mich gerichtet, aber er entspannte sich ein wenig.

„Milo verdient nur das Beste", murmelte Soren. „Aber ich weiß, wo ihr wohnt und wenn ihr im wehtut ..."

Moment, was? „Wir würden keinem von euch je wehtun", sagte ich nach einem Moment. Hatten wir etwas getan, das dafür sorgte, dass Soren uns nicht vertraute? Das konnte nicht stimmen, weil er Milo zur Tür gehen ließ und uns vertraute, dass ... dass wir was? Milo adoptierten, aber nicht Soren?

„Nein, das weiß ich und ihr seid das Beste für Milo. Es ist nur ..." Seine Stimme brach und er räusperte sich und der Schmerz in seinem Gesichtsausdruck war von Trauer durchzogen. „Nicht für mich, okay? Einfach nicht für mich."

Dale kam ein wenig näher, aber ich warf ihm einen Blick zu, von dem ich hoffte, dass er ihm sagte, dass ich die Situation im Griff hatte.

Obwohl ich die Situation so *gar nicht* im Griff hatte.

„Wir wollen euch beide hier, ihr seid Brüder." Ich redete ruhig und ein Teil von mir dachte, dass dies zu sagen lösen würde, was immer gerade passierte.

„Nein." Er zuckte mit den Schultern, als würde es ihn gar nicht kümmern. „Ich komme klar, ich brauche all diesen teuren Scheiß nicht." Er deutete auf das Haus.

Ich hatte das Gefühl, dass er vielleicht auch Ten und mich meinte. Oder vielleicht deutete er an, dass ihm unser Geld unangenehm war? Wir konnten diesen Teil unseres Lebens nicht ändern und Mann, es waren das Haus und das Geld und unsere liebevolle, stabile Ehe, die bedeuteten, dass wir Milo und Soren überhaupt ein Heim bieten konnten. Ich verspürte gleichzeitig Schuld und Stolz und das war seltsam.

„Wir wollen, dass ihr beide unsere Söhne seid", antwortete ich schlicht.

„Ihr habt Milo."

„Wir wollen, dass ihr *beide* hier wohnt."

Er verzog abfällig das Gesicht und das stand ihm überhaupt nicht, aber es war nur gespielt, weil die Gemeinheit seine Augen nicht erreichte, in denen tausend Emotionen schwammen. „Wir bekommen nicht immer, was wir wollen, darum ist es das Beste, wenn ihr Milo behaltet und sobald ich wegen meines Alters nicht mehr im System bin, werde ich ihn wiederfinden." Sorens Worte klangen viel zu einstudiert, so, als ob er sie geübt hätte, weil er im Moment viel älter als vierzehn klang.

„Hilf mir, das zu verstehen", bat ich ihn und fragte mich, ob ich meine elterliche Verantwortung ausüben und ihn schlicht in die Sicherheit seines neuen Heims zerren sollte.

Ja, zwing ihn in das neue Haus … das wird super funktionieren. So gar nicht.

„Milo hat gesagt, dass er Hockey spielen möchte, und ihr könnt euch auf ihn fokussieren. Ihm … helfen."

„Wir können tun, was immer er will", versicherte ich Soren. „Aber wir können dasselbe für dich tun, also sehe ich nicht-"

Er streckte mir seinen Arm hin, die Handfläche nach oben und wackelte damit. „Siehst du diese Narbe hier?", fragte er.

Ich konnte nicht wirklich etwas sehen, darum

nahm ich seine Hand und zog ihn näher zu mir. Er zögerte, aber dann musste er gedacht haben, dass es in Ordnung war, weil er diesen Schritt nach vorne machte, damit ich seine Hand deutlich sehen konnte. „Welche Narbe?", fragte ich, starrte seine Handfläche an und wünschte mir, dass ich meine Brille aufgesetzt hätte. *Eitelkeit 1, Praktikabilität 0.*

„Da." Er deutete und wartete, dass ich zu erkennen gab, dass ich sie gesehen hatte.

Ich hatte in meinem Leben schon eine Menge Narben gesehen, Beulen, Prellungen, gebrochene Knochen, die durch die Haut stachen. Ich hatte Blut gesehen und Chaos, aber ich konnte beim besten Willen nicht sehen, was er meinte. „Ja", log ich, weil ihm das wichtig zu sein schien.

„Die habe ich bekommen, als ich gegen einen Computerbildschirm geschlagen habe, und ich habe mich so tief geschnitten und habe geblutet, aber sie haben mich nicht ins Krankenhaus gefahren, haben gesagt, dass es meine Schuld war, und das war es auch."

„Okay."

„Und diese hier?" Er drehte seine Hand um, aber ich konnte immer noch nichts anderes erkennen als seine Finger mit den üblichen kurzen, angeknabberten Teenagernägeln. „Ich habe mich geprügelt und wurde verletzt."

„Ein Kampf?"

„Ja. Mit einem Messer." Den letzten Satz fügte er giftig hinzu, als ob das dafür sorgen würde, dass ich ihn hasste. Ich blieb ruhig und rational und fragte mich, wie zur Hölle ich dem hier auf den Grund gehen sollte, während ich allein hier saß, ohne Ten und ohne Ryker am Handy.

„Ich verstehe es nicht. Warum hält dich das davon ab, mit deinem Bruder zu uns zu kommen?"

„Weil er perfekt ist und ich nicht, kapiert!", brüllte er und riss seine Hand aus meinem Griff. Der Stimmungswechsel war beeindruckend, aber ich hatte Ryker aufgezogen und ich hatte so etwas schon gesehen. Wut war das, was Teenager-Ryker benutzt hatte, wenn es nicht nach seinem Kopf ging, aber auch, wenn sein Großvater sich in sein Leben einmischte oder er Weihnachten nicht bei mir verbringen wollte oder irgendetwas Tiefgreifendes ihn aufgebracht hatte. Es war ein Verteidigungsmechanismus und einer, den ich gut verstand.

„Aber warum hast du gegen den Bildschirm geschlagen?"

„Das ist eine dämliche verd – Frage."

Ich hob eine Braue – etwas, das ich als Rykers
Dad gelernt hatte und aus meinem Umgang mit
einem Team wie den Railers, vor allem Adler.
Manchmal konnte eine einfache hochgezogene
Braue alle möglichen Dummheiten und
Respektlosigkeiten im Keim ersticken. Vor allem
von Adler. Stan bezeichnete es als mein Wackeln
der Verdammnis, Ten nannte es sexy.

„Ich finde nicht, dass es eine dämliche Frage
ist", verteidigte ich mich.

Er schnaubte. „Willst du wirklich wissen, wie es
passiert ist?"

„Darum habe ich gefragt."

„Du willst es *wirklich* wissen?"

Er steigerte sich wieder in einen Wutausbruch
hinein und ich nickte nur, denn wenn ich etwas
sagte, war es wahrscheinlich falsch.

Er schnaubte. „Dieser Typ, Pflegevater, er war
laut und gemein, er hat Milo geschlagen, darum
habe ich ihn geschlagen und dann hat er mich
geschubst und ich habe Milo gesagt ..." Seine
Stimme brach.

„Was?", fragte ich und er hielt inne und starrte
mich an. „Soren, was hast du Milo gesagt?"

„Dass er auf unser Zimmer gehen und die Tür
schließen sollte. Er war erst vier, kapiert? Er war

nur ein kleiner Junge und ich konnte mich nicht um ihn kümmern. Aber ich habe diesen Typen getreten, okay? Ich habe ihm gesagt, dass er meinen Bruder in Ruhe lassen soll und er hat mich in dieses Zimmer geschubst, wie ein Büro und er hat angefangen, mich zu schlagen, und ich habe so heftig gegen diesen Bildschirm geschlagen, ich war so wütend, so verdammt zornig!"

Ich ließ die Flüche durchgehen – ich dachte nicht, dass Soren überhaupt bemerkte, was er sagte, und mein Herz brach beim Gedanken an diese beiden Kinder im System.

„Und die andere Narbe?"

„Irgendeine Psycho-Mom, die behauptete, dass Milo ihr widersprochen hätte, während sie das Abendessen zubereitet hat. Er war nur so aufgeregt wegen dieses Hamsters in der Schule, der Karotten aus seiner Hand gefressen hatte und sie hat ihn angeschrien und hat mit diesem Messer, das sie zum Kochen benutzt hat, vor ihm herumgewedelt und ich habe es einfach gepackt. Ich wollte sie erstechen, ich wollte, dass das ganze Geschrei aufhört. Warum konnte sie sich nicht einfach diese dämliche Hamster-Geschichte anhören und lächeln, wie eine richtige Mom das tun würde?"

Mein Herz blieb stehen. „Du wolltest sie nicht wirklich erstechen, oder?"

Er blinzelte mich an. „Ich hatte das Messer."

„Und was hast du damit gemacht?"

„Was?"

„Mit dem Messer?"

„Hast du nicht gehört, was ich gerade gesagt habe? Ich wollte sie erstechen."

„Was hast du mit dem Messer gemacht?", wiederholte ich.

„Nichts. Ich habe es nur gehalten und dann habe ich es fallenlassen und bin mit Milo in den Garten gegangen, damit wir über den dämlichen Hamster reden konnten und um ihn zu umarmen und ihm zu sagen, dass alles in Ordnung ist."

„Und du hast geblutet."

„Ich habe ein Geschirrtuch drumgewickelt und die Mom, nun, sie hatte ein schlechtes Gewissen und Milo hat zusätzliches Eis bekommen."

„Hast du irgendjemandem erzählt, was passiert ist? Hast du es Dale erzählt?"

Soren warf einen Blick auf den Sozialarbeiter und wurde rot, schüttelte dann seinen Kopf. „Hat keinen Sinn gemacht, was hätten sie schon tun sollen? Uns eine neue Familie suchen? Noch ein Haus, in dem sie Milo anschreien würden?

Irgendwo, wo ich mich zwischen ihn und die *Erwachsenen* stellen musste, die sich eigentlich um uns kümmern sollten?"

„Das wird hier nicht passieren." Ich hoffte, meine Stimme zeigte all die Überzeugung, die ich in meinem Herzen spürte.

„Ich weiß. Und darum könnt ihr Milo haben, aber nicht mich."

„Ich verstehe das nicht?" Ich hielt für einen Moment inne. „Warum?" Vielleicht würde dieses eine Wort ausreichen, um der ganzen Sache auf den Grund zu gehen.

Er ging auf und ab, nachdrückliche, nervöse Bewegungen, als er vom Auto zum Tor und wieder zurückmarschierte, dann plötzlich direkt vor mir stehen blieb. „Weil ich mir ständig Sorgen mache und Angst um Milo habe und ich wütend bin und ich alles zerstören werde und ich Milo zurückhalte und ich wirklich denke, dass ihr die guten Jungs seid und das ist jetzt *seine* Gelegenheit zu glänzen." Tränen sammelten sich in seinen Augen und liefen über und er war rot im Gesicht und steif von all dem Schmerz.

„Du irrst dich", sagte ich, dachte nicht weiter darüber nach, was ich sagen würde, und hoffte inständig, dass es das Richtige war. „Nicht, dass wir die guten Jungs sind, wir haben unsere Fehler, aber wir geben uns große Mühe. Ich meine, dass Milo glücklich ist. Hast du dich je gefragt, warum er so ein fröhliches Kind ist? Warum er so offen und voller Sonnenschein ist? Das ist, weil du immer da warst – eine Barriere zwischen ihm und den schlimmen Dingen im Leben. Die Dinge, die du dachtest tun zu müssen, machen dich nicht zu einer schrecklichen Person, sie machen dich nicht zu einer ständig wütenden Person. Wenn er von dir getrennt ist, was kommt dann? Denkst du, er würde so oft lächeln, wie er es jetzt tut, wenn er denkt, dass sein großer Bruder allein da draußen ist? Vielleicht bei einer ganz anderen Pflegefamilie? Er steht da oben und weint in Tens Armen. Er ist so traurig."

Furcht und Sehnsucht füllten Sorens Gesichtsausdruck. „Ich will das hier für ihn nicht kaputtmachen", murmelte er und deutete erneut auf das Haus, dann auf mich. „Und wenn ihr auch nur versucht … Ich weiß, dass ihr das nie würdet …" Er hielt inne. „Ich denke nicht, dass ihr ihm wehtut, aber … wenn ihr es tätet." Dann schien er verwirrt zu sein, als ob er das alles nicht wirklich durchdacht hätte. Er sagte mir, dass er sich fernhalten musste, damit er nichts kaputtmachte, aber das bedeutete, dass er seinen Bruder alleinließ und zur Hölle, all das in einem Teenagerkopf musste ihn umbringen.

Ich blieb geduldig und versuchte, eine Lösung zu finden, die für ihn funktionierte. „Du kannst dich nicht um ihn kümmern, wenn du nicht bei ihm bist. Also wie wäre es mit einem Kompromiss. Du bist über zwölf, was bedeutet, dass du in sechs Monaten vor dem Richter stehen und sagen darfst, ob du von Ten und mir adoptiert werden möchtest. Bleib diese sechs Monate bei uns, pass auf deinen Bruder auf, schau dir an, wie es funktioniert, sieh, ob du zufrieden bist, so wie es läuft und dann, in einhundertdreiundachtzig Tagen, kannst du deine Entscheidung treffen und wir werden über diese Brücke gehen, wenn wir sie erreichen."

„Aber ihr werdet Milo auf alle Fälle adoptieren? Sogar wenn ich wütend werde und … ihr werdet auf ihn aufpassen? Ich muss wissen, dass er sicher ist."

„Du hast mein Wort." Ich hielt ihm meine Hand hin und nach einem Moment des Zögerns nahm Soren sie und wir schüttelten uns die Hände. Seine Welt musste so durcheinander sein, die Mutter zu verlieren, an die sich zu erinnern er alt genug war, niemand, der bei ihm war, niemand, der ihn und Milo aufnahm. Heute änderte sich das –

heute würden Ten und ich die Jungs zu einem Teil unserer Familie machen. „Jetzt sollten wir reingehen, weil Lottie Cupcakes gemacht hat."

Er runzelte die Stirn. „Sie hat sie gemacht?" Er erinnerte sich wahrscheinlich an unseren letzten Ausflug mit dem Picknick, bei dem Lottie selbst gemachte Raupen serviert hatte, aus Oliven und Käse, mit Sirup bedeckt.

„Himmel, nein." Ich schauderte und er zeigte mir ein halbes Lächeln angesichts unseres geteilten Entsetzens. „Chloe hat sie gemacht. Lottie hat sie dekoriert. Es gibt dreiundzwanzig davon, dein Alter und das von Milo zusammengenommen. Das war eine gemeinsame Entscheidung von Chloe und Lottie."

Gordie trottete zu uns, der Schal wehte hinter ihm her und er stupste Sorens Bein an, wollte Aufmerksamkeit. Soren kraulte den Kopf des Welpen und war in Gedanken verloren. „Ich kann nicht versprechen, dass ich immer – ich weiß nicht – ruhig und nicht wütend sein werde. Ich weiß, dass das hier ein guter Ort ist, aber ich habe all das in mir …"

Ich beeilte mich, ihn zu beruhigen. „Du hast jedes Recht, auf das Leben wütend zu sein, Soren, und jetzt haben du und Milo ein Zuhause für immer, wenn ihr das wollt. Alles, was du tun musst, ist diesen ersten Schritt zu deinem Bruder zu machen und zu Ten und Lottie. Den Rest können wir als eine Familie lösen."

„'Eine Familie'."

„Ja."

Und als er diesen ersten Schritt in Richtung des Hauses machte, dann beinahe zu Milo rannte und ihn umarmte, dann Lottie, mit Gordie mittendrin, fing ich Tens verwirrten Blick auf.

„Es ist alles in Ordnung", formte ich mit den Lippen und er nickte. Wir würden dafür sorgen, dass es funktionierte und in sechs Monaten hoffte ich, dass wir genug getan hatten, damit Soren sagte, er wolle bleiben.

NEUN

Ten

„Erinnert mich daran, warum ich gedacht hatte, den ganzen Wu-Tang Clan für Thanksgiving hier zu haben eine gute Idee wäre", stöhnte ich, als wir – mit wir meinte ich die Männer im Haus plus einen Labrador, der sich auf eine heruntergefallene Dose Cranberry-Soße gestürzt hatte – die Einkäufe ins Haus schleppten.

„Was ist Bu-Bang Clang, Daddy?", fragte Lottie, während sie wie ein Affe auf einen Stuhl an der Kücheninsel kletterte. Soren trat schweigend um sie herum, immer aufmerksam und sorgte dafür, dass sie sich setzte. Dann schnallte er sie an ihrem Sitz fest.

„Ich habe als Vater versagt", lamentierte ich Jared gegenüber.

Er stellte den enorm großen Truthahn auf die Küchenplatte, seufzte dramatisch und drehte sich dann zu mir. „Ich wollte auch fragen, wer das ist", gestand er. Mein harter Blick brachte ihn zum Kichern.

„Das ist eine alte Hip-Hop-Band aus den 90ern", erklärte Soren, während er Lottie auf ihrem Sitz sicherte. Der Junge stand auf Hip Hop und Rap, wie wir schon gelernt hatten.

„Moment. Einfach nur … Moment." Ich stellte meine Tasche mit Lebensmitteln auf die Küchenplatte und verschränkte meine Arme vor der Brust. „Seit wann ist Musik aus den 90ern alt?"

„Seit vor ewigen Zeiten", meinte Soren, bevor er nach draußen marschierte, um noch mehr Tüten zu holen. Milo spielte Tauziehen mit Gordie. „Niemand hört sich diesen alten Scheiß noch an."

Ich starrte Sorens schlanken Rücken an, als er davonging. Auf der anderen Seite der Küche lachte Jared.

„Mann. Das hat tief getroffen", murmelte ich, bellte dann einen Befehl an Alexa, dass sie Smash Mouth spielen sollte. Auf der Stelle.

Die Musik meines scheinbaren Lebensabends genießend, packten wir die Einkäufe weg, während „All Star" und „Walking on the Sun" durch das gesamte Haus klangen. Diese Jungspunde würden gute Musik zu schätzen lernen, und wenn ich Nirvana und Marianas Trench 24/7 spielen musste. Alter Scheiß. Pfft.

Zum Abendessen gab es gegrillte Hühnerbrust, grüne Bohnen und Tater Tots. Die Tots waren für die Prinzessin. Bei jeder Mahlzeit sollte es laut unserer Tochter Tater Tots oder Dino-Pommes geben. Die Jungs waren nicht sonderlich wählerisch. Sie schienen dankbar zu sein, jede Menge Essen zu haben, vor allem Soren, der im letzten Monat mindestens vier Zentimeter gewachsen war. Nicht, dass sie in ihren Pflegefamilien nichts bekommen hatten, denn das hatten sie, aber sich einen zweiten oder dritten Nachschlag holen zu können, schien ihnen neu zu sein, was ich verstand. Kinder zu füttern, war teuer. Unsere Ausgaben für Lebensmittel hatten sich verdreifacht, seit die Jungs eingezogen waren. Was für uns kein Problem darstellte, für viele andere Leute aber schon. Das Geld, das Pflegeeltern pro Kind bekamen, war ziemlich armselig, wenn man die Kosten für Essen und Kleidung bedachte und wir sparten es für sie auf einem Konto an, obwohl sie das nicht wussten. Und dann war da noch der Sport. Sport war unglaublich teuer, was wir beide aus eigener Erfahrung wussten.

Soren hatte zögerlich zugestimmt, im Hockeyteam der Chesterford Academy mitzumachen, der Privatschule, an der er und Milo angefangen hatten. Er hatte immer noch Probleme damit, Geschenke von uns anzunehmen. Vielleicht lag es daran, dass er immer noch das Gefühl hatte, dass er nicht gut genug war. Was so *überhaupt nicht* der Fall war. Er war ein unglaublicher Junge mit einem klugen Kopf und überdurchschnittlichen Fähigkeiten auf dem Eis. Ich hoffte, sie beide während dieser kurzen Thanksgiving-Pause mit ins Trainingsstadion der Railers nehmen zu können und etwas Zeit mit ihnen zu verbringen. Unser Spielplan auswärts war brutal. Jared und ich sehnten uns danach, mehr Zeit mit den Kindern zu verbringen, aber das war traurigerweise nicht möglich. Jede freie Minute war ein Segen und wir stellten sicher, dass wir alles uns Mögliche taten, um Bindungen mit ihnen einzugehen.

Heute Nacht war Familienabend zu Hause. Der Rowe-Clan würde morgen über uns kommen, genau wie Ryker und Jacob, die ebenfalls ein kleines Zeitfenster hatten, um herzufliegen, uns zu besuchen und dann zurückzufliegen, weil die

Raptors am Samstag spielten, genau wie die Railers. Die Kinder setzten sich auf eines der beiden neuen Sofas, die wir für das Spielzimmer gekauft hatten, Gordie kletterte zu ihnen, unsere Regel, dass keine Hunde auf die Möbel durften, lösten sich schnell auf.

Jared und ich teilten uns die weiche blaue Couch, sein Arm ruhte auf meinen Schultern. Er sah mit seiner Brille unglaublich sexy aus. Ich küsste ihn auf die Wange, einfach so. Milo und Soren schienen von unserer Beziehung fasziniert zu sein. Wir zeigten unsere Zuneigung offen, vielleicht mehr als andere Paare. Da wir in der Öffentlichkeit besonders diskret sein mussten, berührten wir uns zu Hause mehr. Nichts Übertriebenes, natürlich, aber wir hielten uns an den Händen, umarmten uns, kuschelten und küssten uns oft. Lottie war daran gewöhnt, aber die Jungs schauten immer mit offener Neugierde zu. Jared und ich hofften, dass uns so taktil zu sehen, dafür sorgen würde, dass sie dasselbe von ihren zukünftigen Partnern erwarten würden.

Der erste Film an diesem Abend war *Arielle, die Meerjungfrau*, weil Lottie immer noch auf diesem Trip war. Jared döste während des Films, wachte rechtzeitig auf, um Lottie ins Bett zu bringen, während ich *Spider-Man: Into the Spider-Verse* für die älteren Kinder aufrief. Milo stand sehr auf Superhelden und ich liebte Miles Morales als die freundliche Spinne aus der Nachbarschaft. Wir standen in diesem Haus für Repräsentation. Nachdem Lottie schlief, kam Jared zurück, und wir alle knabberten Popcorn, tranken Dr. Pepper und jubelten den Helden zu.

Die Jungs waren zu alt, als dass sie noch große Rituale vor dem Bett brauchten, was irgendwie schade war, denn eines meiner liebsten Dinge war es, Lottie vor dem Schlafen etwas vorzulesen. Aber wir verstanden es und sagten ihnen liebevoll gute Nacht, bevor sie in ihre Zimmer schlurften. Soren kümmerte sich in der Regel um seinen Bruder, brachte ihn ins Bett, bleib dann bei ihm und las Comics, bis Milo einnickte. Soren mochte der Welt ein wütendes Gesicht zeigen, aber für kleine Kinder war er ein großer Marshmallow.

Gordie hatte angefangen, auf dem Treppenabsatz oben zu schlafen. Jared nannte es „die schlafenden Menschen beschützen" und ich musste ihm zustimmen. Es war erstaunlich, dass ein drei Monate alter Hund so auf die Sicherheit seiner Rudelmitglieder bedacht sein konnte. Entweder das, oder er wollte als Erster zum Frühstück die Treppe herunterkommen. Es war schwer zu sagen, aber Verteidiger der Menschen klang edler.

Erschöpft von einigen schweren Spielen unter der Woche und dem Einkaufsmarathon heute Morgen brachen Jared und ich auf dem Bett zusammen. Ich gab ihm einen Gute-Nacht-Kuss, bewunderte sein Profil, während er noch ein wenig las, und rollte mich dann herum. Ich schlief sofort ein. Ich wachte in der Nacht auf, die Heizung übertönte beinahe Gordies Winseln im Flur. Ich setzte mich auf, rieb verschlafen meine Augen und glitt so leise wie möglich aus dem Bett. Die Uhr auf meinem Nachttisch zeigte *2.38* in leuchtend roten Zahlen an. Jared schnarchte leise. Der kalte Novembermond stand hell am Nachthimmel, füllte das Zimmer mit weichem weißem Licht. Ich tappte zur Tür, öffnete sie und taumelte in den Flur. Gordie saß winselnd vor Milos Tür, seine Pfoten hatte er am Holz, als wollte er sie aufstoßen. Sobald ich im Flur stand, konnte ich ein Kind weinen hören.

„Guter Junge", flüsterte ich dem Welpen zu, tätschelte seinen Kopf, bevor ich Milos Tür öffnete. Gordie schob sich an mir vorbei, in das Zimmer hinein. Milo lag im Bett, der Mond erhellte seine schlanke Gestalt unter der dicken Decke, unter der er so gerne schlief. „Bleib", sagte ich zu dem Hund. Er sprang auf das Bett. Na schön. Wir mussten an dem Kommando *Bleib* arbeiten. Milo wimmerte, als der Hund mit der Schnauze unter die Decke grub. Ich schaltete das Nachtlicht an, von dem Milo behauptete, dass er es nicht brauchte, ging dann zum Bett, zog den Hund am Halsband weg und drückte sein Hinterteil nach unten, damit er sich setzte.

„Jetzt bleib", wies ich Gordie mit Alpha-Nachdruck an, bevor ich meine Aufmerksamkeit auf Milo richtete. Seine Wangen waren feucht, seine Augen offen, seine Lippen zitterten. „Hey, kleiner Mann, hat der Hund dir Angst gemacht?"

„N-n-nein", stammelte er, die Tränen rollten an seinen Wangen nach unten, die feucht von Hundespucke waren. „Ich hatte einen bösen Traum."

Milo warf sich auf mich, seine dünnen Arme legten sich um meinen Hals, sein Gesicht vergrub er an meiner Schulter. Armer Junge. Ich nahm ihn und seine Decke auf, rutschte herum, so gut ich konnte, und lehnte dann meinen Rücken an das hölzerne Kopfteil. Er schmiegte sich an mich, schniefend, seine dürren Beine hatte er angezogen. Gordie setzte sich neben uns, winselte leise, die

Haare über seinen Augen zuckten. Ich zog die Decke über uns, hüllte uns ein und hielt Milo, bis sein Schluchzen nachließ.

„War es ein Monstertraum?", fragte ich und bekam ein Kopfschütteln. „War es ein böser Traum über einen Superschurken?" Ich war mir sicher, dass der Film, den wir uns angeschaut hatten, ziemlich zahm war, nichts zu Angsteinflößendes für ein Kind seines Alters. Er schüttelte erneut den Kopf. „War es ein schlechter Traum über etwas Reales?"

„Vielleicht", antwortete er so leise, dass ich mich anstrengen musste, ihn zu hören. Ich zog die Decke unter sein Kinn und hielt ihn fest. „Der gemeine Mike hat Soren wieder geschlagen."

Scheiße. Ich kannte den gemeinen Mike nur vage – der missbrauchende Bastard, der Soren und Milo in einem ihrer Pflegeheime geschlagen hatte. Jared hatte mir die tragische Geschichte erzählt, nachdem Soren sie ihm am Tag ihres Einzugs gestanden hatte. Es hatte mich wütend gemacht, dass irgendjemand Kinder schlagen konnte, die so süß waren wie diese beiden Jungen. Zur Hölle, wir benutzten nicht einmal beim Hund eine zusammengerollte Zeitung, wie manche Leute es uns gesagt hatten.

Gewalt war nie die Antwort, sagte der Hockeyspieler.

Die Handschuhe aufs Eis zu werfen, kam bei mir selten vor, aber Ja, ich kämpfte hin und wieder. War das richtig? Wahrscheinlich nicht. Sollte es Teil des Spiels sein? Ich wusste es nicht. Viele von uns waren sich bei diesem Thema unsicher. Es gab jedenfalls immer weniger Handgemenge auf dem Eis. Würden sie jemals ganz verschwinden? Das würden die Fans entscheiden.

Aber sich mit einem Mann anzulegen, der dieselbe Größe hatte, war eine Sache, auf ein Kind loszugehen eine andere.

„Es tut mir leid, dass euch das zugestoßen ist", antwortete ich und streichelte seinen Rücken. „Erwachsene sollten so etwas nie tun."

„Soren sagt, dass du und Jared gute Männer seid. Der gemeine Mike war ein Scheißkerl", erklärte Milo mit etwas mehr Mut, als er noch vor einer Minute gezeigt hatte.

Ich lächelte, wischte es mir aber weg, bevor er es sehen konnte. „Das ist kein nettes Wort. Deine Großmutter würde ohnmächtig werden, wenn sie dich fluchen hören würde. Sie hat uns immer zusätzliche Aufgaben gegeben, wenn wir schlimme Wörter benutzt haben", erklärte ich ihm, während wir im Glühen des Captain-America-Nachtlichts dasaßen.

„Sie kommt morgen mit unserem neuen Opa, richtig?"

„Ja und sie bringt Pies mit", sagte ich und gab dann Lecker-Geräusche von mir, die ihm ein Kichern entlockten. „Großmutter macht die *besten* Pies und Kuchen und Cookies. Sie ist wirklich nett. Genau wie mein Dad. Und all meine Brüder. Brady ist der Älteste und er kann ein Doofkopf sein."

„Große Brüder sind Doofköpfe", murmelte er, benutzte dann mein altes T-Shirt, um seine Nase abzuwischen, während er sich unter der Decke versteckte.

„Deiner ist ziemlich in Ordnung", erinnerte ich ihn. Insgesamt vertrugen sie sich gut, aber wir hatten ein paar Geschwisterstreitigkeiten aufkommen sehen, je wohler sie sich hier fühlten. „Ich habe zwei ältere Brüder. Sie sind nett. Und sie haben Frauen und Töchter. So viele Töchter. Morgen werden hier überall Mädchen sein. Kommst du mit all diesen Mädchen klar?"

„Meine Cousinen?" Er schaute zu mir auf, seine Wimpern waren immer noch klumpig und feucht.

„Ja. Cousinen. Und auch ein Stiefbruder und sein Ehemann, der dein Stief-Irgendwas sein wird.

Nein, vielleicht ist er kein Stief-Irgendwas. Nun, Jacob ist der Hammer. Er führt mit Ryker eine Ranch in Arizona. Darum ist er ein richtiger Cowboy mit Pferden und allem."

„Cool. Können wir zu Rykers und Jacobs Ranch fahren und Pferde reiten?"

„Darauf kannst du wetten. Wir fahren sofort hin, sobald die Saison vorbei ist."

Er lächelte mich an. „Kann ich ein zweites Stück Kuchen haben?"

Ich drückte einen Kuss auf seine dunklen Haare. „Du kannst von was auch immer du willst einen Nachschlag haben, Kumpel."

„JAMIE, wenn du noch einmal nach diesem Pie greifst, werde ich dir auf die Finger schlagen", bellte Mom meinen Bruder vom Ende des sehr langen Tisches an, an dem wir saßen.

„Der ist für Milo", erklärte Jamie, hob dann ein fettes Stück vom zweiten Kürbis-Pie an, der auf den Tisch gekommen war.

Mom schaute zu Milo. „Ist der für dich, Liebling?"

Er nickte, mit strahlenden Augen, die Wangen rosig von einer Stunde draußen, wo er mit den

Mädchen herumgelaufen war, damit sie einen Teil ihrer Energie abarbeiten konnten. Der arme Milo war der einzige Junge in einem Rudel bestehend aus sieben Mädchen, acht, wenn man Lottie mitzählte. Brady hatte vier, Jamie war jetzt bei Nummer Drei, die gerade angefangen hatte zu gehen.

„Na gut, wenn es für meine Enkel ist, dann ist es in Ordnung", sagte Mom, rührte ihren Tee um, während sie ihrem zweitältesten Sohn diesen Ich-habe-dich-im-Auge-Blick zuwarf, den wir alle so gut kannten.

Soren saß zwischen Jared und mir, sein Blick huschte ständig am Tisch entlang, als ob er versuchte, jedes Mitglied seiner neuen Familie zu katalogisieren. Wir hofften jedenfalls, dass es seine neue Familie sein würde. Er konnte es immer noch sein lassen, wenn er das wollte. Er war über zwölf und konnte sich seine eigene Meinung bilden. Wir beteten, dass er bleiben würde. Der offensichtliche Irrsinn eines Feiertags bei den Madsen-Rowes würde den Jungen hoffentlich nicht so sehr verschrecken, dass er packte und in den ersten Bus hüpfte, der aus der Stadt ging.

„Jean, gilt dieser Nachschlag für Pie auch für Enkel von der anderen Seite des Familienstammbaums?", fragte Ryker süß, schaute dabei meine Mutter durch seine Masse an Locken an, als ob sie den Mond an den Himmel gehängt hätte.

„Natürlich. Du und Jacob könnt euch einen Nachschlag nehmen. Brady, Jamie und Tennant – ihr könnt euch um die Krümel streiten."

„Wie ist *das* fair?", fragte Brady, während Ryker wild grinsend zwei fette Stücke Apfel-Pie auf einen Teller hievte, den er sich mit Jacob teilte.

„Das ist die Oma-Regel. Enkel kommen zuerst", erklärte Mom, zwinkerte mir zu und trank dann ruhig ihren Tee.

Dad zog am Bund seiner Hose. „Ich wusste, dass ich mir die dehnbare Hose hätte anziehen sollen", stöhnte er und öffnete seinen Knopf mit einem Seufzen.

Gordie gab unter dem Tisch seine beste Darstellung eines Staubsaugers. Die beiden Lisas erzählten eine Geschichte über etwas, das sie auf Instagram gesehen hatten und das mit Blumen und Traktorenreifen zu tun hatte. Ich lehnte mich pappsatt zurück und hörte einfach nur zu. Das Haus war warm, übermäßig warm, wegen all der Leute und weil der Ofen stundenlang an gewesen war und laut. Kinder plauderten, der Hund schnüffelte, Erwachsene lachten. Es war perfekt.

Das perfekteste Thanksgiving, das wir je in unserem Haus abgehalten hatten.

Das Aufräumen würde monumental sein. Die Küche sah schrecklich aus. Pfannen und Töpfe, Bratpfannen, ein Truthahngerippe, das noch abgezupft werden musste, damit wir morgen heiße Truthahnsandwiches essen konnten. Jede Menge Arbeit, aber wir würden sie gemeinsam bewältigen.

Ich warf einen Blick auf meinen ältesten Bruder, als er sich erhob. „Ich muss aufstehen, damit all das Essen sich setzen kann." Er tätschelte seinen leicht gerundeten Bauch, schlenderte dann ins Wohnzimmer, nachdem er mir einen Blick zugeworfen und leicht mit seinem Kopf geruckt hatte.

„Ja, ich auch." Ich stand auf, legte meine Serviette auf den Tisch und folgte Brady ins Wohnzimmer und dann nach draußen. Es war kalt, die Luft bildete Wolken vor unseren Gesichtern, als wir die Tür schlossen. Ich schob meine Hände in die vorderen Taschen meiner Jeans.

„Scheiße, es ist kälter geworden. Der Winter kommt", kommentierte Brady, während er unseren Garten betrachtete. Es gab nicht viel zu sehen. Alle Blätter waren gefallen, die Blumen waren weg und die Deko für die Weihnachtszeit war noch in der

Garage. Für mich war der November immer ein Übergangsmonat.

„Das sagen sie auf der Mauer", antwortete ich, während Gänsehaut sich auf meinen Armen ausbreitete. Brady lachte leise, sein Atem verharrte für einen Moment, bevor ein bitterkalter Wind ihn mit sich nahm. „Wolltest du etwas Bestimmtes oder wolltest du mich hier rauslocken, damit ich erfriere? Damit dein Team sich mir in einem Monat nicht stellen muss?"

„Mein Team wird mit dir fertig", erklärte er. Das war seine Meinung. So wie wir in letzter Zeit spielten, mochte das stimmen, aber ich hoffte, dass wir dieses Tief abschüttelten und uns endlich zusammenrissen. „Ich wollte dich etwas fragen. Lisa und ich haben uns unterhalten und wir hätten gerne, dass du und Jared als die Erziehungsberechtigten für die Mädchen eingetragen werdet, sollte uns etwas zustoßen."

Mein Kiefer fiel nach unten. „Oh, das ist … wow. Warum reden wir jetzt darüber?"

Er seufzte so schwer, dass seine Wangen ganz rund wurden. „Weil das etwas ist, über das alle Eltern nachdenken sollten. Ich reise sehr viel. Lisa jetzt auch, mit ihrem neuen Job. Ihre Eltern sind zu alt, um vier Mädchen großzuziehen, und Mom und

Dad werden auch nicht jünger. Du bist zu einem soliden Mann geworden, vertrauenswürdig, klug und voller Hingabe für deinen Ehemann und deine Kinder. Du bist vernünftig, du bist finanziell abgesichert und die Mädchen lieben dich."

Ich steckte mir einen Finger ins Ohr und wackelte damit herum. „Heilige Scheiße, hast du gerade gesagt, dass ich vernünftig bin? Habe ich das richtig gehört? Meine Gehörgänge müssen gefroren sein."

Er verdrehte die Augen. „Vielleicht habe ich mich geirrt."

„Im Ernst, ist das derselbe Mann, der mir gesagt hat, dass ich einen Fehler mache, wenn ich bei einem Team unterschreibe, das nicht zu den Original Six gehört?"

Er schaute in den grauen Himmel. Es war Schnee angesagt. „Ich stehe zu dieser Aussage."

Ich musste lachen. „Sturschädel", murmelte ich, warf ihm dann einen langen, ernsten Blick zu. „Ich werde das heute Abend mit Jared diskutieren, wenn die Kinder alle schlafen, aber ich kann mir nicht vorstellen, dass er dagegen ist. Er mag dich. Ich bin mir nicht sicher, warum …"

Er lachte. Dann hielt er mir seine unglaublich

eisige Hand hin. Ich schlug mit meiner ein. „Danke, Ten. Das nimmt mir eine große Sorge."

„Ist mir eine Freude. Können wir jetzt dieses traurige Thema lassen? Was hat dich überhaupt dazu gebracht, über solchen Scheiß nachzudenken?" Nicht, dass dies nicht etwas war, das Jared und ich ebenfalls tun mussten. Unsere Testamente mussten geändert werden, um die Jungs einzuschließen, sobald alle Formalitäten erledigt waren.

„Moral Dunkirk", antwortete er und seine Stimme war plötzlich traurig. „Im einen Moment ist er voller Leben und hat den größten Spaß und im nächsten wird er aus den Überresten eines Flugzeugs geschnitten. Das hat mir wahnsinnig Angst gemacht, Ten. Mir und vielen der anderen Jungs im Team."

Ja. Ich konnte das verstehen. Es hatte alle von uns in der Hockeywelt erschüttert, die Dunny gekannt und/oder mit oder gegen ihn gespielt hatten. „Lisa hatten einen Moment der Erkenntnis und uns wurde klar, dass wir nicht unsterblich sind und dass wir sicherstellen mussten, dass unsere Kinder in die besten Hände kommen, die es gibt. Da wir gesehen haben, wie unglaublich ihr mit Lottie und jetzt diesen beiden Jungs seid, nun, wussten wir, dass ihr unsere erste Wahl seid. Aber macht es nicht, wenn ihr nicht wollt. Jamie würde sie auch nehmen, aber Lisas Mom geht es nach der letzten Runde Chemo nicht sonderlich gut und … nun, es wäre sehr viel, wenn sie ihre Mutter ins Haus aufnehmen müssen."

„Ja, hey, nein, das verstehe ich absolut. Und ich verstehe, warum Dunnys Unfall alle aufgerüttelt hat. Mir ist es ebenso gegangen. Es geht ihm jetzt gut, oder?"

Brady lächelte. „Ja, es geht ihm sehr gut. Er hat sich einen festen Freund gesucht, eine neue Karriere als Coach für unser Rebels Rodelteam und er wird bald Onkel."

„Gut, das freut mich."

Die Tür hinter uns ging auf. Soren schaute uns aus neugierigen dunklen Augen an. „Die Dame – deine Mom – ich meine Großmutter …" Er schien mit dem Wort Probleme zu haben, aber wenigstens benutzte er es dieses Mal. Während Milo entspannt war, hatte Soren immer noch einen Fuß in der Tür und das machte mich manchmal traurig. Ich lächelte ihn aufmunternd an und er räusperte sich. „Wie dem auch sei, sie hat gesagt, dass ich nach euch beiden schauen soll, denn das letzte Mal, als ihr beide euch weggeschlichen habt, seid ihr auf dem Dach in einer Mülltonne festgesteckt."

„Das war absolut Bradys Idee", sagte ich schnell, legte dann einen Arm um Soren. „Er wollte sehen, ob wir beide das Dach hinunterrollen und sicher im Pool landen können."

„Ich hatte diese Sendung über Draufgänger und die Niagarafälle gesehen und Jamie war zu fett, um mit mir in die Tonne zu passen", erklärte Brady, als wir zurück nach drinnen gingen.

„Hey, das habe ich gehört! Ich war nie fett. Das waren Muskeln!", rief Jamie aus dem Esszimmer, erschien dann in der Tür mit einer Portion Füllung auf seinem Teller. „Außerdem war ich zu klug, um mich von dir überreden zu lassen, etwas so Dummes zu tun."

„Ja, Ten war ziemlich naiv", kicherte Brady. „Soren, hat er dir schon von der Zeit erzählt, als Jamie und ich ihn davon überzeugt hatten, dass eine mutierte Ente im Abfluss der Badewanne lebt?"

„Na schön, ich glaube nicht, dass wir diese Geschichte herumerzählen müssen", protestierte ich.

„Ich würde sie gern hören", rief Jared aus dem Esszimmer. Der Bastard. Ich hatte aus gutem Grund niemandem von der Abfluss-Ente erzählt.

„Also, Ten war ungefähr fünf, ein absoluter Trottel und hatte diese Angst vor Enten", fing Brady an, schubste mich aus dem Weg, damit er seinen Arm um Sorens schlanke Schultern legen konnte.

Soren sah zunächst erschrocken aus, dann schaute er zu mir und ich konnte sehen, wie seine Lippen vor Erheiterung zuckten. Er ließ sich von seinem baldigen Onkel zurück ins Esszimmer führen. Ich seufzte, als die Geschichte anfing. Milo hatte Glück. Er hatte einen Bruder, der ihm niemals erzählen würde, dass eine Ente, die die Schniedel kleiner Jungs aß, in der Badewanne wohnte. Ich hatte monatelang nicht gebadet. Mom war nicht erfreut gewesen. Dad musste ein Jahr lang die Badewanne jeden Abend kontrollieren, bevor ich zustimmte, sie zu benutzen.

Ja, Brüder waren der Brüller.

Familie. Was konnte man mit ihr machen, außer sie zu lieben?

ZEHN

Jared

Eine kurze Serie von Heimsiegen zwischen Thanksgiving und Weihnachten gab uns ein etwas besseres Gefühl, aber jeder dieser Siege war knapp gewesen und hatte uns mehr gekostet, als es mir gefallen konnte. Stan hatte einen hässlichen Schlag abbekommen, nachdem ein Verteidiger von Carolina direkt in unseren Goalie gefallen war und ihn umgenietet hatte – Stan war über Weihnachten und bis ins neue Jahr raus und er war außer sich vor Wut. Dann, gestern Abend, als wir gegen ein forsches Team aus New York gespielt hatten, war unser Kapitän ein weiteres Opfer geworden und angesichts des Pucks, der mit einhundertsechzig Stundenkilometer Connor von unten in den Helm getroffen hatte, würde er deutlich länger als nur ein paar Spiele fehlen. Seine Augenhöhle war zerschmettert – Fuck – ich hatte die Röntgenbilder gesehen und wenn wir ihn vor Februar zurückbekamen, hätten wir Glück. Es sah eher nach April aus, was bedeutete, dass er eine Verletzung hatte, die die Saison für ihn beendete. Würde er vor dem Rennen um den Stanley Cup wieder zurück sein? Vielleicht, aber es würde vielleicht kein Rennen geben, wenn wir nicht mehr Siege als Niederlagen einfuhren.

„Vierzehn. Sieben. Sieben", wiederholte Coach Benning. Wir alle saßen dicht gedrängt im Videoraum – Spieler, Coaches, Management – und das kurzfristig anberaumte Meeting war eine ernste Angelegenheit. „Vierzehn. Sieben. Sieben." Er starrte uns alle an. „In achtundzwanzig Spielen haben wir die Hälfte gewonnen. Ich wünschte, ich könnte sagen, dass wir sie deutlich gewonnen haben, aber wir kämpfen die ganze Zeit über zu verdammt hart und manchmal wirkt es, als würden wir gegen uns selbst kämpfen. Wo ist das Railers-Hockey? Wo sind die schnellen Moves und die konzentrierten Pässe. Wo ist die Verteidigung? Was müssen wir machen, um eine Einheit zu werden?"

Niemand sagte etwas laut, aber über dem Gemurmel grummelte Stan, der ein paar Reihen vor mir saß, etwas auf Russisch und rutschte auf seinem Stuhl herum, fügte noch einen Fluch hinzu, als sein Gehgips gegen das Stuhlbein knallte. „Groß am Arsch", lamentierte er ein wenig lauter.

Niemand lachte oder stimmte zu oder machte auch nur einen Kommentar über diese Zusammenfassung der Saison. Er hatte recht. Wir waren am Arsch.

„Das letzte Mal, als die Railers nur eine fünfzig Prozent Siegesrate hatten, war in unserem gottverdammten ersten Jahr." Unausgesprochen blieb, *bevor Ten gekommen war*, oder vielleicht war das nur ich, der die Existenz des Teams in zwei Phasen einteilte, vor Ten und nach Ten. Dieses erste Jahr für die Railers war ziemlich abgründig gewesen, aber Stan war vom ersten Tag an im Team gewesen, genau wie Connor, Adler, zur Hölle, die Hälfte des Raumes bestand aus Jungs, die von überallher gekommen waren, um dieses neue Expansionsteam zu bilden. Nun, das Neueste, bis Vegas und Seattle. Ich wusste, dass ich voreingenommen war, aber sie alle und die, die danach gekommen waren, hatten die Railers zum besten verdammten Team in der NHL gemacht.

Das beste verdammte Team, das sich nicht auf Kurs bringen konnte.

Ten und Westy, unsere beiden Ersatz-Kapitäne, saßen vorne – da Connor jetzt weg war, würde die Bürde der Führung komplett auf ihre Schultern fallen. Sie waren bereits Anführer in der Umkleide, gute Beispiele, wie die Railers als Team sein sollten … zumindest Ten war das. Westy hatte in letzter Zeit das beste defensive Hockey seines Lebens gespielt, obsessiv und fokussiert, mit Tunnelblick. Da ich wusste, was Ten darüber sagte, dass zwischen ihm und dem an Krebs erkrankten Levi die Funken sprühten, war ich nicht der Einzige, der glaubte, dass Westy alles aus seinem Leben strich, um an nichts außer Hockey zu denken. Das mochte sich auf dem Papier gut anhören, aber das Spiel gestern Abend hatte das Gegenteil bewiesen. Westy hatte zu viel Zeit damit verbracht, die Fehler von Tanner abzufedern, und hatte sich fertiggemacht. Buffalo hatte die Verletzlichkeit unserer Defensive gesehen und Mann, hatten sie sie ausgenutzt. An seinen guten Tagen war Tanner unaufhaltsam, der Mann war eine Bestie, groß und dominant und sichtbar auf dem Eis, aber an seinen schlechten Tagen, wie gestern Abend, war er mies, hatte zu viele Turnover, schützte unsere Stürmer nicht, schaffte Pässe nicht. Zum Glück gab es mehr gute als schlechte Tage, aber dennoch konnten wir es uns auf diesem Niveau nicht erlauben, einen Verteidiger zu haben, der nicht präsent war und das Coach-Team wusste das.

Ich wusste das und die Verteidigung war meine Verantwortung und ich war es, von dem sie eine Lösung erwarteten. Ich hasste es, darüber nachzudenken, Arlo aus dem Feeder-Team zu holen, auf semi-permanenter Basis. Nicht dass Arlo kein hervorragender Spieler war, denn das war er, aber was bedeutete es für Tanner, wenn ich das machte? Und wie konnte ich Westy und Tanner als Partner trennen, wenn sie in der Vergangenheit so eine Naturgewalt gewesen waren?

Die Fans der Railers wussten von der Krankheit von Tanners Bruder – die Pressemitteilung war eine Woche, nachdem Tanner es erfahren hatte, überall in den Sozialen Medien erschienen und die Loyalsten von ihnen waren immer noch auf Tanners Seite, vergaben seine Fehler. Aber jene, die sich gegen ihn aussprachen, wurden lauter und der Druck auf Tanner, und dadurch auf Westy, seinen Verteidigerpartner, war immens. Letzte Nacht, mit New York im Stadion, hatte ich gesehen, wie Tanner zusammenbrach und Westy versuchte, das aufzufangen, hatte zugeschaut, wie Connor einen Puck ins Auge bekommen hatte, hatte gesehen, wie

Bryan im Tor sich so vielen Schüssen gegenüber gesehen hatte, dass er keine Chance hatte, sie zu stoppen. Eine Niederlage sechs zu eins, die Schlimmste in dieser Saison und wir mussten innehalten und uns einen Moment Zeit nehmen, alles zu evaluieren.

Die Dinge mussten sich ändern. Ich wollte nicht derjenige sein müssen, der entscheiden musste, aber die Statistiken sprachen für sich.

Darum war nach dem Meeting, in dem nichts entschieden worden war, nach Hause zu kommen und einen weinenden Milo vorzufinden wie der Guss auf diesem verdammten Kuchen. Wir konnten es uns nicht leisten, unsere Sorgen mit nach Hause zu bringen, aber entging mir etwas, weil ich versuchte, die Kinder und die Arbeit ins Gleichgewicht zu bringen? Waren wir abgelenkt? Sollte ich mit Tanner härter umspringen? Sollte ich ihn beiseiteschieben und Arlo holen? Oder sollte ich sagen, zur Hölle mit Hockey und mich mit einem weinenden Milo und einem abwesenden Soren als meine Priorität kümmern? Ich hasste es, dass dies ein Problem war. Ich hatte Verantwortung gegenüber dem Team, aber es war ein Spiel.

Milo und Soren, Ryker, Lottie, Ten – sie waren mein Leben.

„Hey, Kumpel, was ist los?", fragte Ten, als Milo in seine Arme flog und Ten ihn hochhob und umarmte, als würde er ihn nie wieder loslassen.

Ich konnte Lottie nirgendwo sehen oder Chloe und auch Soren war unauffindbar. Ten und ich wechselten einen Blick. Ich nickte, dass ich alle suchen würde, und er würde einen schluchzenden Milo trösten, der nur eines sagen konnte. *Ich will nicht, dass er geht. Bitte zwingt ihn nicht zu gehen.*

Das klang nicht gut und die Dinge entwickelten sich von schlimm zu schlimmer, als ich Chloe und Lottie im Spielzimmer fand, wo sie lasen – oder zumindest las Chloe. Lottie lag tief schlafend auf ihrem Schoß.

„Was ist los?"

„Drama in der Schule mit Milo und Soren", flüsterte sie. „Er ist in seinem Zimmer, aber Jared …" Sie biss sich auf die Lippe und strich mit einer Hand über Lotties Locken. „Die Academy hat hier angerufen, als sie euch nicht erreichen konnten."

Ich holte mein Handy heraus. Fünf verpasste Anrufe. „Wir hatten ein Meeting, es tut mir leid."

Sie zuckte mit den Schultern. „Das gehört zum Job", sagte sie mit einem sanften Lächeln. „Sie wollen, dass du und Ten in die Schule kommt."

Fuck, das klang nicht gut.

Ich verließ das Zimmer und ging nach oben, warf einen Blick ins Wohnzimmer, wo Ten auf dem Sofa saß, Milo umarmte und ihm etwas zuflüsterte. Gordie war neben ihnen zusammengerollt. Er hatte das im Griff und ich musste Soren finden. Ich klopfte an seine Tür.

„Geh weg!", rief Soren von drinnen. Wir hatten bei den Kindern eine Regel, dass Türen nicht abgesperrt werden durften und ich klopfte noch einmal, unterbrach dann sein gebrülltes GEH WEG! indem ich die Tür aufstieß und eintrat.

Er erstarrte, schaute mich an, seine Arme waren mit Kleidung beladen und seine Tasche lag auf dem Bett.

Ich schloss die Tür hinter mir und er wich zurück und ich wusste instinktiv, dass ich es verbockt hatte und ich öffnete die Tür wieder und setzte mich dann an seinen Schreibtisch, auf dem Hefte von Mathe bis Chemie herumlagen. Soren schaute von mir zur Tür und wieder zurück.

„Was ist los?", fragte ich, als ob ich vollkommen sorglos wäre, auch wenn innerlich mein Herz schmerzte angesichts der Pein in Sorens Gesichtsausdruck.

Er erwachte aus seiner erstarrten Furcht und stopfte die Kleidung wild in seine Tasche. „Ich hatte es dir doch gesagt", sagte er ruhig. „Ich hatte dir gesagt, dass es nicht funktionieren würde."

Ich rutsche mit dem Stuhl näher und zog die T-Shirts heraus, die er in seine Tasche gestopft hatte.

Er steckte sie wieder hinein.

Ich zog sie heraus.

„Das sind meine Sachen, klar?!", brüllte er. „Ich nehme nichts von eurem kostbaren reiche Typen Zeug." Er nahm ein Railers-Oberteil, eines mit Adlers Nummer auf dem Rücken und warf es auf den Boden. Adler war sein Lieblings-Railer, hatte er uns zumindest erzählt und er trug dieses Trikot zu Hause die ganze Zeit. „Ich werde nichts mitnehmen, mit dem ich nicht gekommen bin."

Ich beugte mich vor und hob das Trikot auf, glättete es und legte es dann ordentlich zusammen. „Das gehört dir."

„Ja, nun, ich will es nicht."

„Adler hat es dir geschenkt."

„Ich will es nicht."

Er stopfte seine Kleidung wieder hinein und ich zog sie wieder heraus, ein Tauziehen entstand mit einem der abgetragenen T-Shirts, mit denen er gekommen war. Ich konnte nachgeben, aber es erschien mir wichtig, dass ich es nicht tat und wir zerrten so heftig, dass es riss.

Scheiße.

Er starrte auf das zerrissene T-Shirt, entsetzt und dann veränderte sein Blick sich von einem Moment auf den anderen und er flog auf mich zu, seine Fäuste schlugen auf meinen Brustkorb, meine Arme, überallhin, wo er mich erreichen konnte. Ich taumelte rückwärts, bevor ich meine latenten Verteidigerfähigkeiten aktivierte und es schaffte, seine Fäuste einzufangen und ihn festzuhalten, damit er mich nicht schlagen konnte. Er kämpfte und vibrierte vor Wut, aber ich hatte das Gefühl, dass ich ihn festhalten musste.

Dass er es vielleicht *brauchte*, dass ich ihn festhielt.

Nach einer Weile hörte er auf zu kämpfen und ich löste vorsichtig meinen Griff. Er taumelte von mir fort, bis die Rückseite seiner Knie gegen das Bett stieß und er sich fluchend setzte. Ich sagte nichts wegen der Flucherei, tatsächlich machte ich gar nichts. Ich erinnerte mich an die Tage, wenn Ryker so voller schäumender Emotionen gewesen war und oft war es so gewesen, dass wenn ich ihm Raum zum Reden gewährte, er sich am besten öffnete.

Zum Glück füllte Soren die Stille. „Ich werde keinen Aufstand oder so machen, nachdem ich weg bin", murmelte er, hob dann das heruntergefallene Adler-Trikot auf und strich die Nummern auf dem Rücken nach. „Danke für alles, was ihr gemacht habt, mit Milo meine ich."

Er redete, als ob er gehen wollte und mit seiner gepackten Tasche – nun, jetzt der ungepackten Tasche – konnte ich mir vorstellen, dass er sich durch etwas Schreckliches gearbeitet hatte und nur einen Ausweg sah.

„Was ist passiert?"

Er schaute zu mir. Er weinte nicht, aber seine dünne Gestalt war steinhart vor Anspannung und seine Schultern waren oben an seinen Ohren. Ich hatte dieselbe Haltung bei so vielen Hockeyspielern gesehen – es war nicht Wut, die ihn jetzt antrieb, sondern der Versuch, die Wut zu kontrollieren, der ihn gepackt hielt.

„Du weißt, was passiert ist", sagte er.

Ich schüttelte meinen Kopf und holte mein Handy aus meiner Tasche, wackelte theatralisch damit. „Wir waren in einem Meeting, bei dem die Handys aus sein mussten und dann wollten wir nur nach Hause zu euch."

Er verdrehte die Augen. „Du solltest dir anhören, was sie zu sagen haben und dann kannst du mich einfach in Ruhe lassen."

„Wie wäre es, wenn *du* es mir erzählst?" Ich machte es mir auf dem engen Schreibtischstuhl bequemer – der nicht für erwachsene Hockeyspieler gebaut war – und kreuzte meine Beine an den Knöcheln, spielte die Ich-bleibe-hier-Karte. Seine Augen weiteten sich und er schaute zur Tür, überlegte wahrscheinlich, ob er es rechtzeitig dorthin schaffen würde. Ich rutschte mit dem Stuhl weiter vom Türrahmen weg und direkt in die Ecke gegenüber dem Bett, blieb dann sitzen und sah, wie seine Schultern sich ein wenig entspannten. Der Junge hatte schreckliche Angst und ich war verdammt wütend, dass er von Menschen verletzt worden war und sie ihm das Gefühl gegeben hatten, dass jede Person in seinem jungen Leben es auf ihn abgesehen hatte.

„Ich habe in der Pause diesen Felix Typen geschlagen und es ist mir egal, was du sagst, es tut mir nicht leid", gestand er deutlich. Es gab kein Murmeln, es war, als wollte er mich herausfordern, angesichts seines Trotzes auszuflippen.

„Warum?"

„Es ist ihm recht geschehen", sagte Soren und nahm sich einen Moment, um das Adler-Trikot an seinen Brustkorb zu ziehen. Erst als er es festhielt, entspannte er sich ein wenig mehr –

wer hätte gedacht, dass Adler auf irgendjemanden einen guten Einfluss haben konnte?

„Okay, und?"

Er schaute mich misstrauisch an. „Und was?"

„Warum ist es ihm recht geschehen?"

„Er wollte nicht aufhören, darum habe ich ihn geschlagen."

„Wollte womit nicht aufhören?"

„MistdarüberzusagendassduundTenschwulseid- undHockeyundStreuneraufzunehmen." Die Worte explodierten in einem endlosen Satz aus ihm heraus und ich brauchte einen Moment, um sie zu verstehen.

„Mist darüber, dass wir schwul sind und zusammen und dich und Milo adoptieren?", fasste ich zusammen.

„Ja. Jeden Tag, jedes Mal, wenn er mich sieht und dann hat er …"

„Was?"

Er hat gesagt, dass ihr … mit mir und Milo herummacht … und verkommen … ich wusste nicht einmal, was dieses Wort wirklich bedeutet, und ich musste es nachschlagen und als ich begriff, was er meinte, habe ich ihn geschlagen." Er deutete auf eine Stelle am Ende seiner Nase. „Da war jede

Menge Blut, es ist *überallhin* gespritzt, aber er hat es verdient."

Entsetzen überkam mich, nicht weil Soren Gewalt so einfach akzeptierte, sondern wegen der Art, durch die sie provoziert worden war. Was war das für eine Welt, dass Kinder anderen Kindern so unbedingt wehtun wollten? Fuck. Ich musste mich sehr beherrschen, Soren nicht auf den Rücken zu klopfen und ihm zu gratulieren, dass er diesen Mobber zurechtgestutzt hatte, aber das konnte ich nicht tun. Ich musste hier der Erwachsene sein. Ich suchte in meiner Kontaktliste, verharrte kurz über Stans Namen, weil er *Leute kannte,* und fand dann die Nummer für die Schule, rief dort an und bekam beinahe sofort die richtige Person vermittelt – einen Mr Michaels. Ich redete Sorens Verhalten nicht schön, ich reagierte nicht auf die passiv-aggressiven und mit Schlagwörtern versehenen Sorgen des stellvertretenden Direktors, oder seinen Vorschlag, dass Soren sich ein paar Tage Zeit nehmen sollte, um sich zu beruhigen, ihn damit quasi suspendierte. Nein, ich sagte meine Meinung, deutlich, klar und laut, damit Soren alles hören konnte.

„Es wird kein vorgeschobenes Time-out geben, Mr Michaels. Noch irgendeine Suspension. Stattdessen möchte ich ein Treffen", sagte ich. „Sie sorgen dafür, dass Felix dabei ist, dazu seine Eltern und ich werde mit *meinem Ehemann* kommen und wir werden die Sache klären und ich sage es noch einmal, es geht hier nicht um eine Suspendierung, sondern darum, Soren und Felix und Felix' Eltern etwas beizubringen und der gesamten Schule, nämlich was angemessen ist."

„Also, Mr Madsen-Rowe, das ist nicht-"

„Morgen um Viertel nach acht wäre gut", unterbrach ich ihn.

Es gab etwas Rascheln, Gemurmel und schließlich wurde das Treffen ohne großes Getue anberaumt.

Sobald ich aufgelegt hatte, musste ich mich um Soren kümmern, auf eine Art und Weise, die auf der schmalen Grenze zwischen tatsächlichem Elternteil und zukünftigem Elternteil wandelte. Ich zog den Haufen Kleidung zu mir und räumte jedes einzelne Stück auf, alle ordentlich gefaltet. Der Himmel wusste, ob ich sie an die richtigen Plätze legte, aber Soren schaute mir zu und mit jedem weggeräumten T-Shirt schien die Spannung in ihm nachzulassen.

„Es war falsch, das zu tun, Sir", murmelte Soren nach einer Weile. „Ich weiß, dass ich ihn nicht hätte schlagen sollen."

„Das hättest du nicht", stimmte ich zu. „Aber wie wir mit der Leidenschaft in uns umgehen, und welche Entscheidungen wir in der Zukunft treffen, macht uns zu den Menschen, die wir sind. Darum werden wir daran arbeiten, als Familie. Okay?"

„Ja, Sir. Es tut mir leid, dass ich dich geschlagen habe."

„Du wirst einen guten Verteidiger abgeben", sagte ich halb im Scherz, weil ich kein zu großes Aufheben um sein Verhalten machen wollte, während ich deeskalierte.

„Nein, ich will schnell und vorne dabei sein, wie Adler", sagte er.

„Hey, Jungs", meldete Ten sich von der Tür und Soren und ich drehten uns zu ihm. Milo hielt Tens Hand und zum ersten Mal seit langer Zeit, ging er nicht sofort zu Soren.

„Ich will nicht, dass du gehst." Milo schaute seinen großen Bruder aus schmalen Augen an.

Soren schaute von mir zu Ten und dann zu seinem kleinen Bruder und fing zu weinen an. „Ich will auch nicht gehen."

Es gab einen geladenen Moment, in dem niemand etwas sagte, dann brach Ten das Schweigen.

„Pizza", verkündete er. „Aber zuerst eine Umarmung."

Wir hatten davon in unserer Zoom-Gruppe gehört – die Familienumarmung – etwas, das wir ohnehin instinktiv machten. Milo und Soren waren nicht daran gewöhnt und wir hatten diese Idee in so intensiven Situationen noch nicht wirklich getestet. Milo ließ Tens Hand los und zog Soren an sich und dann Ten und ich gesellte mich danach dazu. Wir umarmten uns lang und ich hoffte, dass wir Soren irgendwie versichert hatten, dass wir immer zu ihm stehen würden, dass wir da sein würden, wenn er Mist baute, und dass wir wütend oder besorgt sein würden, aber dass wir ihn auch immer lieben würden.

Zumindest war das meine Absicht gewesen.

DAS TREFFEN WAR KURZ, Mr Michaels war vor Sorge ganz angespannt. Felix war ein kleiner, dünner Junge, der sich auf seinem Stuhl zurücklehnte, als ob er auf der Welt keine Sorgen hätte. Ich wollte ihm nicht sagen, dass seine Verletzlichkeit sich in dieser gespielten Pose zeigte. Er schaute Ten und mich einmal an und ignorierte uns dann für den Rest des Treffens. Seine Eltern tauchten nicht auf. Er erklärte, dass sie auf Geschäftsreise waren und ich konnte keine Lüge entdecken, aber ich spürte etwas wie Trotz und Traurigkeit in einem.

Er wurde gezwungen, sich zu entschuldigen, was er zögerlich machte, und dann war Soren an der Reihe und ich hielt den Atem an.

„Es tut mir leid", war alles, was er zunächst sagte. „Ich habe dich geschlagen, weil du mich angep – aufgeregt hast."

„Wie auch immer", murmelte Felix, was dazu führte, dass Mr Michaels noch schneller nervös auf seinen Schreibtisch trommelte.

„Ja, wie auch immer", meinte Soren müde. „Ten und Jared sind cool und du kannst darüber nichts sagen."

Ich nahm das als Sieg.

Zur Hölle, wenigstens war ich Teil *eines* Teams, das *irgendetwas* gewann.

ELF

Ten

_____

„Daddy, Rentiere mögn keine Karotten."

Ich schaute von dem kunstvoll angerichteten Teller mit den Karotten zu meiner Tochter, die in ihrer Sitzerhöhung vor der Kücheninsel kniete.

„Klar tun sie das", gab ich zurück. Ich hatte, um ehrlich zu sein, keine Ahnung, ob Rentiere Karotten mochten, aber Mom hatte immer Karotten auf einem Teller für die fliegenden Rentiere, sowie Cookies und Milch auf einem weiteren Teller für Santa und ich würde diese Tradition _nicht_ durcheinanderbringen. „_Du_ bist es, die keine Karotten mag." Ich deutete mit einer langen, dicken Karotte auf die kleine Prinzessin. Sie verzog das Gesicht. „Und setz dich bitte hin, bevor du runterfällst und dir den Schädel aufschlägst." Großartig, ich klang jetzt wie meine Mutter. Ich hatte immer den Verdacht gehabt, dass ich mich in Mom verwandeln würde, während Brady und Jamie zu Dad wurden. „Ich spreche aus Erfahrung, sich den Schädel aufzuschlagen, tut wirklich weh."

Ihre Augen wurden groß, aber sie setzte sich. „Hast du dir den Schädel wehgetan, Daddy?"

„Vor langer Zeit", erklärte ich ihr, weil sie jetzt ganz sorgenvoll aussah. Kein Kind von mir würde am Abend vor Weihnachten traurig sein. Nicht, wenn ich etwas dagegen tun konnte. „Was denkst du, essen Rentiere?", fragte ich, gerade als Soren und Milo in die Küche gedonnert kamen. Seit dem Abendessen waren zwei Stunden vergangen, darum war dies wahrscheinlich die erste Snack-Runde an diesem Abend.

„Rentiere essen Farne, Gras und Flechten. Außerdem Bäume. Wir nehmen in der Schule gerade die Arktis durch", sagte Milo, stieß seinem großen Bruder dann in die Seite, um sich einen Cookie von Santas Teller zu klauen.

„Nein! Nein! Hört auf, Santas Cookies zu essen!", kreischte Lottie Milo an. „Er wird sehen, dass ihr unartig wart und mir nicht mein Spieleset mit der magischen Burg bringen!"

Milo schob sich den ganzen Cookie in den Mund. Lottie hatte einen kleinen Zusammenbruch. Ich ließ die Jungs mit den Tellern allein, um das erschöpfte kleine Mädchen, das weit über seine übliche Bettzeit wachgeblieben war, ins Bett zu bringen. Jared duschte sich, versuchte, das Tannenharz aus seinen Haaren zu bekommen, das während eines längeren Kampfes mit dem Baum dorthin geraten war, den wir gekauft und vor zwei Stunden aufgestellt hatten. Wir waren mit dem Schmücken ein wenig spät dran. Reisen war beschissen. Ganz im Ernst.

Es war mühevoll, aber Lottie gab schließlich nach nur zweimaligem Lesen von *Harold and the Purple Crayon* von Crockett Johnson auf. Ich hatte dieses Buch als Kind geliebt und jetzt saß ich hier und las es meinem eigenen kostbaren Nachwuchs vor. Nachdem ich ihr einen Gutenachtkuss gegeben und das Babyfon angemacht hatte, ging ich ins große Bad, um zu sehen, wie es Jared erging.

Nicht gut. Ich fand ihn in nichts außer einem Handtuch – immer ein erfreulicher Anblick – über das Waschbecken gebeugt und im Begriff, sich einen Teil seiner Haare abzuschneiden.

„Whoa, immer langsam, Edward mit den Scherenhänden", sagte ich, als ich in das dampfende Bad trat. „Hast du gegoogelt, wie man Harz aus den Haaren bekommt?" Er warf mir diesen Blick über den Rand seiner Brille zu. Sexy Bastard. Ich tippte eine Suche ein und glaubt es oder nicht, da war die Antwort. „Hier steht, dass man Desinfektionsalkohol benutzen soll."

Er seufzte, legte dann die Schere weg. „Es herauszuschneiden, schien mir der direktere Weg zu sein."

„Einmal Verteidiger, immer Verteidiger. Überhaupt keine Finesse." Ich kam zu ihm, suchte im Erste-Hilfe-Kasten und zog dann eine Flasche Desinfektionsalkohol heraus. Nachdem ich einen Wattebausch gefunden hatte, stellte ich mich vor ihn, sein Blick folgte mir aufmerksam und ich fing an, den klebrigen Klumpen Harz zu betupfen. Ich gab mein Bestes, meine Aufmerksamkeit auf seine goldenen und silbernen Haare zu richten, aber mein Blick huschte immer wieder nach unten zu seinem. „Du siehst mich an wie Milo die Cookies für Santa."

„Ich habe ein Erwachsenengeschenk für dich, wenn alle Kinder im Bett sind", flüsterte er verrucht, bewegte seine Hüften gerade genug, um seinen harten Schwanz in meine Hüfte zu drücken. Das weckte meinen Schwanz auf.

„Du meinst, nachdem die Kinder im Bett sind und wir alle Geschenke aus dem Speicher heruntergeholt haben und nachdem wir eine magische Burg und ein neues Fahrrad zusammengebaut haben."

Der lustvolle Ausdruck in seinem Gesicht verschwand. „Ja, nach all dem."

„Ich nehme mir dein Geschenk und gebe dir dann eines von mir." Ich rieb meinen Hüftknochen über seine Erektion. Er grunzte leise, seine Hände hoben sich und legten sich auf meine Hüften. Mein Blick wanderte zu seinem Mund.

„Ten! Haben wir noch welche von diesen Gelee-Cookies? Milo hat alle gegessen, die auf dem Teller lagen!", schrie Soren die Treppe hinauf.

„Du hast auch welche gegessen!", brüllte Milo so laut er konnte. Redeten Kinder nie in normaler Lautstärke? „Und Gordie hatte auch welche! Es war nicht nur ich!"

Jared und ich verzogen beide das Gesicht. Lottie hatte einen unglaublich leichten Schlaf und –

„Daddy! Warum essen die Jungs die Cookies?! Warum sind die Jungs Schweinchen?!"

Lottie schrie das aus ihrem Zimmer. „Santa wird unser Haus nicht besuchen! Warum sind Jungs so dumm?!"

Ich blies Atem aus, der meine Lippen wackeln ließ. „So viel zu diesem romantischen Moment. Du holst die Cookies. Ich lege Lottie hin. Schon wieder."

Wir waren beide erschöpft zusammengebrochen, nachdem wir ein Fahrrad und das magische Burg-Spieleset aus der Hölle zusammengebaut hatten. Obwohl wir um Viertel vor fünf am Morgen von einem aufgeregten kleinen Mädchen auf dem Sofa geweckt wurden, war der Tag herrlich. Trotz zweier steifer Nacken und schmerzender Rücken verbrachten wir Weihnachten damit, mit Spielsachen zu spielen, Aliens in einem neuen Videospielsystem zu jagen, das Soren sich gewünscht hatte – für Milo, hatte er gesagt, aber Jared und ich wussten es besser – und dafür zu sorgen, dass die Prinzessin und ihr magisches Kätzchen ein großartiges Abenteuer erlebten. Gordie verbrachte den Großteil des Tages damit, auf einem neuen Spielzeug herumzukauen, von dem uns garantiert worden war, dass es jedem Welpen widerstehen konnte. Konnte es nicht.

Wir labten uns an gebratenem Biest – Schinken, aber wir benutzten die Dr Seuss Bezeichnung dafür – mit allem, was dazugehörte und dann hatten wir Facetime mit den Familien. An diesem Abend brachen wir alle auf unseren jetzt gut eingesessenen Sofas zusammen, um uns einen Animationsfilm über eine Prinzessin anzusehen, die auf einem Kätzchen ritt und auf Spanisch sang. Der ganze Film war auf Spanisch. Soren, der in der Schule sein erstes Jahr Spanisch hatte, versicherte uns, dass er übersetzen konnte. Konnte er nicht. Aber er gab sich große Mühe.

Nach der spanischen auf einer Katze reitenden Prinzessin trug Jared Lottie hinauf ins Bett, während wir Männer uns *Ernst rettet Weihnachten* anschauten. Milo schlief vor dem Abspann ein, darum trugen wir ihn ebenfalls die Treppe hinauf und dann holten wir drei älteren Jungs uns Limo und eine frische Tüte Chips und tauchten in den ultimativen Weihnachtsfilm ein, *Stirb Langsam*.

Dieses Mal waren es Jared und ich, die während des Films einschliefen. Soren musste uns aufwecken und ins Bett schicken. Wir blieben lang genug wach, um uns diese Erwachsenengeschenke zu geben.

Aber es war knapp.

„… und dann habe ich mir überlegt, ihm einen Ara zu schenken", sagte Adler. „Weil ich dieses Video auf Tik Tok gesehen habe, wo ein Typ seinen Papagei, der absolut wie ein Drache ausgesehen hat, der über den Himmel fliegt, zu sich gerufen hat! Wie cool ist das? Dann ist mir eingefallen, dass Layton es vielleicht nicht mag, wenn ein Papagei überall Samen herumwirft, darum habe ich meine Meinung geändert und ihm ein Malbuch für Erwachsene gekauft, mit sich paarenden Tieren und eine Riesenschachtel mit Stiften."

Ich blinzelte Adler an, während wir uns aufwärmten, beide auf unseren Knien, weil wir unsere Pomuskeln dehnten.

„Sich paarende Tiere?", fragte ich, gab mir große Mühe, keine Miene zu verziehen.

„Ja, wie Elks und Bären. Du weißt schon. Tiere." Dann setzte Adler sich aufs Eis. Ich schaute mich nach jemandem um, der mir vielleicht helfen konnte, aber alle fuhren herum, schossen Pucks auf Stan, oder gaben Interviews vor dem Spiel drüben bei der Bank. „Ich fand es ulkig. Lustig. Denkst du, es wird ihm gefallen? Oder sollte ich ihm für den Valentinstag etwas Größeres schenken?"

„Äh, nun ..." Ich griff über mein ausgestrecktes Bein, um meinem Hirn Zeit zu geben, sich etwas Intelligentes einfallen zu lassen. Adler saß immer noch auf dem Eis, die Beine ausgestreckt, lehnte sich nach links, dann nach rechts, sein Blick war auf mich gerichtet, während er sich dehnte. Verdammt. „Nun, ich habe Jared Manschettenknöpfe gekauft."

Adler hörte auf, sich von links nach rechts zu lehnen, um mich unter zusammengezogenen Brauen anzustarren. „Manschettenknöpfe? Das ist nicht sonderlich einfallsreich, oder?"

„Ich … nun, nein, wohl nicht. Aber andererseits ist Jared nicht die Art Mann, der ulkige, einfallsreiche Dinge mag." Eigentlich tat er das schon, aber ich musste annehmen, dass sich paarende Tiere in einem Malbuch nicht sein Ding waren. „Er mag Manschettenknöpfe. Trägt sie ständig." Scheiße. Jetzt zweifelte ich an meinem Valentinsgeschenk für meinen Mann. „Denkst du, ich sollte ihm etwas besorgen, das weniger formell ist?"

„Ja. Oh! Kauf ihm eine Sammlung Gleitgel mit Geschmack."

„Es tut mir leid, was hören meine Ohren von hier?", fragte Stan, fuhr zu uns, seine Maske hatte er nach oben geschoben, sein Gesicht war feucht von Schweiß. „Redet ihr über lustige Hinternzeit?"

Die Frau, die Bryan interviewte, starrte uns an. Großartig. Mein Gesicht wurde heiß.

„Nein, wir reden nicht über ‚lustige Hinternzeit‘", schnappte ich.

„Nun, irgendwie schon", bemerkte Adler, kam in einer flüssigen Bewegung auf seine Schlittschuhe und bot mir dann seine Hand zum Aufstehen. Ich dachte, dass ich vielleicht auf meinen Knien bleiben und vom Eis kriechen sollte, wenn diese hübsche blonde Sportjournalistin für Tampa Bay uns weiter mit ihren großen blauen Augen anstarrte. „Ich habe Ten erklärt, dass Manschettenknöpfe als V-Tag Geschenk irgendwie langweilig sind. Dann habe ich Gleitgel mit Geschmack vorgeschlagen. Ich habe Layton zum Geburtstag diesen Zehnerpack gekauft. Er liebt es, gerimmt zu werden und-"

„Oh, bei den Göttern, Jungs, im Ernst? Können wir diese Diskussion nicht führen, wenn wir zehn Schritte von der Dame-", versuchte ich zu sagen, aber dann bekam Stan diesen glücklichen Welpenausdruck.

„Ja! Erik liebt es auch sehr. Ich mag das mit Traube. Es erinnert mich an Gelee. Marmelade wackelt nicht so!", brüllte Stan.

Adler heulte vor Erheiterung. Ich fing an, auf den Knien übers Eis zu rutschen, hoffentlich unentdeckt, aber Stan erwischte mich am Trikot und zog mich zurück in die Gleitgel-Unterhaltung.

„Mango ist der Hammer", bemerkte Adler, während Stan mich auf meine Schlittschuhe zerrte. Ad warf mir einen Blick zu. „Du siehst rot aus. Hast du diesen Magenvirus, der rumgeht? Bryan hatte ihn letzte Woche. Erinnert ihr euch, er musste das Spiel gegen Buffalo schnell verlassen, wegen der explosiven-"

„Okay, hey, Jungs", beeilte ich mich, ihn zu unterbrechen, als die hübsche Blondine mit dem Mikrofon über das Eis schlitterte, ein Glühen in ihren hellblauen Augen. „Lasst uns hier auf dem Eis nicht über Erwachsenengeschenke und Probleme mit der Verdauung reden. Ja? Danke."

Adler warf mir einen sauren Blick zu. „Du bist nicht mehr annähernd so lustig, wie du es schon warst. Ich glaube, dass das Alter dir all deine Energie geraubt hat."

„Hat großen Schläger in Hinterteil", warf Stan ein.

„Wenn er Gleitgel mit Mangogeschmack benutzen würde, könnte dieser Schläger viel leichter hineingleiten", kommentierte Adler, gerade als die nette Dame es schaffte, zu uns zu schlittern.

„Hallo!", sagte ich, nahm sie dabei am Ellbogen

und führte sie von dem Hintern-Gespräch fort, das vor dem Tisch der Zeitabnahme stattfand. Zum Glück war der arme Kerl nicht in seinem kleinen Verschlag. „Also, Sie wollen mit mir reden?"

„Gern!" Sie strahlte mich an. Ich führte sie auf die andere Seite des Eises, um sicherzustellen, dass sie keinerlei Hintern-Gespräche mitbekam. Im Ernst, hier draußen war es manchmal so, als würde man versuchen, Kleinkinder zu bändigen.

Sharon war ihr Name und ich gab ihr ein schönes Interview über Hockey. Keine lustigen Hinternzeiten wurden erwähnt und ich fuhr davon und fühlte mich ziemlich gut, weil ich so schnell reagiert hatte. Ich traf Jared vor dem Raum, in dem die Kufen geschliffen wurden. Er nickte mir zu, seine Lippen formten sich zu einem Lächeln.

„Hey, hast du zwei Minuten Zeit?", fragte ich ihn. Er neigte seinen Kopf ein wenig, seine Brauen zogen sich zusammen. „Alles ist in Ordnung. Jedenfalls denke ich das. Nein, alles ist gut. Ich habe nur …" Ich atmete schwer aus, lehnte mich auf meinen Schläger und schaute mich schnell im Flur um. Alle waren wieder in der Umkleide, um die Zeit totzuschlagen, bis das Spiel anfing. „Also gut, ich habe dir dieses wirklich schöne Geschenk für den Valentinstag gekauft."

„Danke", antwortete er, beugte sich dabei näher zu mir, damit wir nicht schreien mussten. „Ich habe dir auch etwas Nettes besorgt."

„Ooh, danke, Schatz." Ich lächelte ihn an, wurde dann wieder ernst. „Es ist so, ich habe dir dieses schöne, praktische Geschenk gekauft. Und ich weiß, dass es dir gefallen wird. Aber dann habe ich mit den Jungs geredet und sie haben erzählt, dass sie ihren Männern alle möglichen sexy Geschenke besorgt haben."

Das brachte ihn dazu, seine Brauen aufzuwölben. „Weißt du, ich habe immer irgendwie angenommen, dass ihr Jungs auf dem Eis über Hockey redet. Wir fangen gerade an, besser zu spielen, nach dieser langen, schmerzlichen Phase vor der All-Star Pause. Jetzt da wir alle gesund und wieder in den vorgesehenen Blöcken sind, dachte ich einfach, dass ihr über Strategien oder Spielzüge plaudern würdet. Ich Dummerchen."

Ich rieb meinen feuchten Nacken. „Ich habe mit Adler geredet."

„Ah, okay. Das erklärt es. Ten, hör zu, ich bin mir nicht sicher, was für kinky Zeug Ad für Layton kauft-"

„Gleitgel mit Geschmack", flüsterte ich.

Seine Augen blitzten auf. Ein winziger Funke

Hitze erwachte in diesen saphirblauen Seen. Was mich ein wenig hart machte. Eine absolut uncoole Sache, wenn man einen Tiefschutz trug.

„Das klingt … interessant", sagte er, während er an seiner Krawatte zupfte.

„Ja? Findest du?"

Er nickte, seine Wangen waren jetzt ein wenig rosiger als zuvor. „Ich glaube, dieser große Online-Versand hat einen Lieferservice innerhalb von vierundzwanzig Stunden." Er zwinkerte mir verführerisch zu und schlenderte dann vollkommen lässig davon.

Scheiße. Ich eilte in die Umkleide, schnappte mir mein Handy aus dem Spind und bestellte zu uns nach Hause. Es würde vor uns da sein, aber das war in Ordnung. Ich würde ihm morgen die Manschettenknöpfe geben und den Rest seines Geschenks, wenn wir wieder in Pennsylvania waren. Ich lächelte, starrte auf mein Handy und dann wurde mir klar, dass ich Adler für diese Idee danken musste.

Ja, das würde ich erst später machen. Viel später. Vielleicht nie.

· · ·

Ich konnte nicht genau sagen, wann alles anfing sich zu fügen.

Vielleicht würden die Journalisten sagen, dass das Comeback der Railers begann, als Stan in der zweiten Hälfte des Spiels einen phänomenalen Skorpion-Kick machte, um ein sicheres Tor abzuwehren.

Vielleicht würden die Sportblogger anmerken, dass das Comeback der Railers begann, als Adler Lockhart Jamie Rowe mit einem brutalen, aber zulässigen Hüft-Check zu Beginn des dritten Drittels umnietete.

Vielleicht würden die Sportkommentatoren im Fernsehen sagen, dass das Comeback der Railers gekommen war, als ich auf den Fersen eines Stürmers von Tampa Bay in ihrer Zone gewesen war und er ein wenig nachgelassen hatte. Nicht sehr, aber genug, dass ich ihn einholen konnte. Ich kam links auf gleiche Höhe, hob seinen Schläger vom Puck. Ich machte einen Kreis, löste mich von dem Mann, den ich gejagt hatte, der Puck befand sich jetzt auf meinem Schläger und raste in Richtung des Tors von Tampa. Der Goalie hatte mich im Blick, als ich mich nach links bewegte und einen Rückhandschlag machte. Der Puck traf den Goalie hoch an der Schulter, fiel vor seine

Schlittschuhe. Ich bremste hart, Eis spritzte und tauchte nach dem Puck, nutzte meinen Schläger, um ihn durch seine Beine zu schieben. Er versuchte, nach unten zu schließen, knallte seine Pads auf das blaue Eis, aber der Puck befand sich bereits an der Rückseite des Netzes, als er diese Bewegung ausführte.

Ich lag auf dem Eis, grinste das rot flackernde Licht an, als meine Teamkollegen um mich herum auftauchten. Sie türmten sich über mir auf, ein Berg aus schwitzenden, stinkenden Männern, als ob dies die Play-offs wären und nicht irgendein Spiel mitten in einer lauwarmen Saison. Ich wurde hochgerissen und bekam so heftige Rückenklopfer, dass ich beinahe meinen Mundschutz verlor. Das Fäuste aneinanderschlagen glitt an mir vorüber, der Moment fühlte sich aus irgendeinem kosmischen Grund monumental an. Im tiefsten Inneren, obwohl dies zwei weitere mögliche Punkte waren, kam mir das Tor außergewöhnlich vor. Es war nichts Ungewöhnliches. Nichts, das es in die Highlight-Rotation der Woche schaffen würde. Dennoch umwehte es ein Hauch von Schicksal. Als wäre es der Katalysator für etwas Großartiges für uns.

Ich setzte mich auf die Bank, nickte den

Coaches zu, die herkamen, um mir auf die Schultern zu klopfen. Dann, weil ich wusste, dass die Kinder zu Hause vor dem Fernseher saßen — wahrscheinlich war jetzt nur noch Soren wach, aber es war an sie alle gerichtet — schaute ich in die Kamera, die mich noch filmte und tippte drei Mal gegen meinen Helm. Ein sanftes Tippen für jedes meiner Kinder. Die hellsten Sterne in meinem Leben.

Und dann, weil ich wusste, dass es ihn wegen der ganzen Stiefvater-Sache wurmen würde, fügte ich noch ein Tippen für Ryker hinzu.

Epilog

Soren zog an seiner Krawatte und knurrte den Spiegel an.

„Hör auf, daran zu ziehen, kleiner Bruder", lachte Ryker und griff um ihn herum, um sie wieder gerade zu richten. Ich schaute meinen Jungs zu – Rkyer war hier für die Anhörung, hatte gesagt, dass er sich nicht vorstellen konnte, irgendwo anders zu sein. Er und Soren schrieben sich ständig und ich glaubte, dass es gut war, dass Soren plötzlich nicht mehr all die Verantwortung hatte, der älteste Bruder zu sein.

„Ich bin nicht klein!", verteidigte Soren sich, lächelte dann halb zu Ryker auf, der ihn in den Schwitzkasten nahm und dann seine Krawatte erneut binden musste. Sie trugen beide Anzüge –

Ryker in einem seiner nüchternsten für nach dem Spiel, Soren in dem neuen Anzug, den wir am Wochenende gekauft hatten. Er hatte eine Tonne guter Kleidungsstücke, aber am Freitag hatte er gefragt, ob wir ihm einen Anzug kaufen konnten, damit der Richter glaubte, was er sagte. Er redete darüber, dass die Leute hörten, was er zu sagen hatte und Ten und ich stellten das nicht ein Mal infrage.

Wir hatten auch nicht gefragt, was Soren vorhatte zu sagen und wir gingen am nächsten Tag mit ihm einen Anzug kaufen. Natürlich war Milo mitgekommen und er sah unglaublich niedlich aus in seinem eigenen Anzug. Ten kümmerte sich um Lottie und ich hoffte, dass sie nicht verlangen würde, ein Arielle-Kleid zu tragen, weil Gerichte Arielle-Kleider vielleicht nicht so gut fanden. Oder?

Wie sich herausstellte, wollte sie als Sorens und Milos *Schwester* gehen, was eine geblümte Leggins und ein weiches weißes Hemd mit einer lila Krawatte bedeutete, auf die sie bestanden hatte. Meine vier Kinder – unsere Kinder – waren jetzt in Sorens Zimmer. Ten und ich warteten an der Tür, im Anzug und herausgeputzt.

„Ich glaube, ich werde anfangen zu weinen", flüsterte Ten, als Lottie auf das Bett kletterte und sich in Rykers Arme warf. Er fing sie mit Leichtigkeit, lachte, seinen Locken fielen über seine Augen und Lottie schob sie geduldig wieder zurück.

„Ich auch", murmelte ich.

Wir nahmen uns an den Händen, verflochten unsere Finger und hielten uns fest. Heute war die Anhörung für die Adoption – Aussagen von Ten und mir, Aussagen von Dale, weil er der Fallarbeiter war, die Zustimmung von Soren, weil er über zwölf Jahre alt war, und dann würde das Gericht eine Adoptionserklärung aussprechen und ein Adoptionszertifikat herausgeben. Dann waren die Jungs offiziell unsere Kinder und wir würden neue Geburtsurkunden mit ihren neuen Namen bekommen. Soren und Milo Madsen-Rowe. *Unsere* Söhne. Soren hatte eine Rede für den Richter geübt, aber so wie Dale es uns erklärt hatte, musste er eigentlich nur sagen, dass er bei uns bleiben wollte.

In sechs Monaten hatte der wütende, verwirrte junge Mann gelernt, dass er bei uns sicher und geliebt war und ich konnte mir nicht für eine Minute vorstellen, dass er sagen könnte, er wollte nicht bleiben, aber es war dennoch nervenaufreibend. Das war der Moment, auf den wir hingearbeitet hatten. Die letzten sechs Monate waren angsteinflößend gewesen und aufregend und ich hatte so viel Liebe für unsere vier Kinder, dass ich manchmal dachte, ich würde zerplatzen.

„Madsen-Rowes kommt schnell runter!", rief Stan zu uns nach oben. Es gab ein paar beruhigende Worte von jemandem, der wie Erik klang, ein Fluch von Adler, mehr Gemurmel, und dann gingen wir zu sechst nach unten. All unsere Freunde waren hier, die Anhörung fiel zum Glück auf einen Tag ohne Spiel und das kurze Training hatten Ten und ich auslassen dürfen. Alle anderen waren sofort nach dem Training hergekommen.

Wir waren auf dem Weg in das Finale des Stanley Cups – unser erstes Match war in drei Tagen gegen Columbus, ein Spiel, auf das ich mich nicht freute, wenn man bedachte, wie stark Columbus war. Zumindest trafen wir nicht zuerst auf Boston, aber wenn sie New York besiegten und wir an Columbus vorbeikamen, dann würden sie die nächsten sein. Die Anspannung war hoch, das Team war bereit, Connor war zurück, Stan im Netz, Bryan sein Ersatz, Ten spielte wie entfesselt … zur Hölle, es könnte sein, dass wir es bis ganz zum Ende schafften.

Aber zuerst kam der heutige Tag, der für uns beide noch wichtiger war.

Der Autokonvoi hatte Probleme, Parkplätze zu finden, aber wir hatten Priorität und wir sechs waren die ersten im Gericht, der Rest des Teams kam, wie sie es schafften, bis das ganze Kontingent an Freunden und erweiterter Familie der Madsen-Rowes dasaß und wartete.

Richterin Geraldton war eine freundliche Frau. Sie las die Akten durch, überprüfte die relevanten Papiere und rief dann Ten für seine Aussage vor. Er erzählte von seinem Stolz auf Soren und Milo und er bestätigte, dass er sie adoptieren wollte. Dann war ich an der Reihe und ich war so nervös wie im siebten Spiel im Cup-Finale.

„Jared Madsen-Rowe", identifizierte ich mich selbst, sagte dann meinen Teil, was ich tun wollte. Ich musste eigentlich nichts weiter hinzufügen, machte es aber dennoch. „Wir lieben Soren und Milo und können es nicht erwarten, ihre Väter zu sein."

Dann war es Soren, der sich erhob, nachdem er einen Moment mit Ryker geflüstert hatte. Die Richterin fragte ihn, wo er gerne leben würde und er streckte eine Hand nach Milo aus, der ebenfalls aufstand, dann nach Ryker, der nicht nur aufstand, sondern auch Lottie mitnahm.

Zusammen kamen die vier vor und als sie alle bei ihm waren, hob Soren sein Kinn.

„Soren. Mein Name ist Soren Madsen-Rowe. Ich möchte bei Jared und Tennant Madsen-Rowe bleiben." Er räusperte sich, starrte dann uns anstatt die Richterin an und wir alle warteten gespannt, während Ryker seine Schulter drückte und Milo ihn angrinste und Lottie in die Hände klatschte.

„Das ist das Einfachste, was ich je zu sagen hatte", fuhr er fort. „Wenn sie mich wollen, wenn sie *uns* wollen, dann möchte ich bei meinen neuen Dads bleiben."

Und im ganzen Haus blieb kein Auge trocken.

Eine Verletzung droht, Stans Karriere zu beenden. Wird er sich entscheiden, für sein geliebtes Hockey zu kämpfen oder wird er seine Familie an erste Stelle setzen?

Wenige Goalies sind so hingebungsvoll wie Stan Lyamin, der für seine Widerstandskraft auf dem Eis bekannt ist, dafür, dass er mit seinen Rohren redet und für seine Vorliebe zu Elvis. Dazu noch seine Liebe für seine Familie und sein Leben ist angefüllt mit all den Dingen, die ihm Freude bringen. Doch als ein hochspannendes Spiel mit einer desaströsen Hüftverletzung endet, sieht Stan sich der herausforderndsten Hürde in seiner Karriere gegenüber: Einer Operation, einer langen Genesungsphase und dem drohenden Ruhestand. Jetzt muss er sich entscheiden, welchen Weg er einschlagen soll. Den, der ihn zurück in das Spiel führt, das er liebt oder den, bei dem sein Trikot an die Decke des Stadions gezogen wird.

Erik und Stan, die mit den Railers einst unverwundbar waren, sind immer Hand in Hand durch die Herausforderungen des Lebens gefahren.

Ihre Liebesgeschichte, zementiert von ihrer Leidenschaft für Hockey und der Freude, ihre Kinder großzuziehen, war ihr Schutzschild gegen die Welt. Doch als das Leben ihres Sohnes Noah sich durch eine Diagnose ändert, wird diese Liebe für die Ewigkeit auf den Prüfstand gestellt. Erik wendet sich um Unterstützung suchend an seinen Ehemann, aber Stan wird von Schuld aufgefressen, ist von den Entscheidungen überwältigt und zieht sich in sich selbst zurück, als seine Familie ihn am meisten braucht.

Ryker (Deutsche Ausgabe) (Owatonna U. Buch 1)

Lernt in dieser fesselnden Romanze die Männer des Hockeyteams der Owatonna University kennen!

Hockey liegt dem reichen Ryker im Blut – während der Junge vom Land, Jacob, nur

versucht, durchs College zu kommen. Dennoch haben diese beiden absoluten Gegensätze bald Schwierigkeiten, an etwas anderes als einander zu denken.

Ryker ist Hockey-Adel, Jacob ist ein armer Junge vom Land. Können zwei vollkommen unterschiedliche Menschen eine gemeinsame Basis finden und zu den Männern werden, die sie sein möchten?

Ryker entstammt einer langen Reihe Championship-gewinnender Hockeyspieler. College-Hockey zu spielen, um sein Spiel zu entwickeln, ist sein einziger Fokus und nichts wird sich ihm in den Weg stellen, daran zu arbeiten, der beste Spieler zu werden, der er sein kann. Er hat keinen Platz für Beziehungen, Menschen, die seine Fehler sehen oder irgendjemanden, der ihn wegen seiner Träume anspricht. Er hat ganz sicher keinen Platz für die Liebe und Jacob kennenzulernen ist nichts als eine nützliche Ablenkung nebenher. Schließlich ist der Versuch, seinen Teamkollegen von den Owatonna Eagles ins Bett zu bekommen weniger Arbeit und mehr Spaß. Als seine Familie von einer Tragödie erschüttert wird, zerbricht sein zauberhaftes Leben und die einzige Person, an die er sich wenden kann, ist der Mann, der behauptet, ihn zu hassen.

Jacob Benson hat sein ganzes Leben lang nur harte Arbeit und erstickende konservative Werte gekannt. Geboren und aufgewachsen in der kleinen ländlichen Gemeinde Eden Crossing, Minnesota, ist er der einzige Sohn einer hart arbeitenden, aber in Geldnöten steckenden Familie, die eine Milchwirtschaft betreibt. Jacob nutzt sein Können im Hockey, um seinen Abschluss in Agrarwissenschaften zu finanzieren. Diese vier Jahre an der Owatonna U. werden wahrscheinlich die einzige Zeit sein, die er haben wird, um das Leben zu genießen, seine sexuelle Orientierung akzeptiert zu sehen und offen zu leben, ehe er unausweichlich auf die Farm zurückkehrt. Einen reichen hübschen Jungen wie Ryker Madsen zu treffen, dämpft seinen Genuss des Lebens weit weg von zu Hause. Rykers leichtfertige, sorgenfreie Einstellung geht Jacob auf die Nerven. Wenn Ryker also alles ist, was er nicht mag, warum will er dann nichts mehr, als die sündigen Träume zu erkunden, in denen sein nerviger Teamkollege jede Nacht die Hauptrolle spielt?

Owatonna U. Hockey

1. Ryker
2. Scott
3. Benoit
4. *Weihnachtslichter (Weihnachten 2024)*

Abseits des Eises (Chesterford Coyotes Buch 1)

Eine Coming of Age Liebesgeschichte mit High School, Hockey-Rivalitäten, Freundschaft, Familie und Coming out.

Sorens Welt verändert sich auf einen Schlag, als er und sein jüngerer Bruder von Hockey-Adel adoptiert werden. Sein neues Leben zu begreifen, ist schwer genug, doch als er in einer Privatschule angemeldet wird, bedeutet das, dass er sich einer ganzen Reihe neuer Probleme stellen muss. Durch Freundschaften, Familie und Hockey zu navigieren ist eine Sache, aber sich zu dem Jungen hingezogen zu fühlen, der ihm auf die Nerven geht, ist eine ganz andere.

Felix muss einen Ruf schützen. Er ist der Junge, der alles zu haben scheint, aber Äußerlichkeiten können täuschen. Mit seinen Lügen über sein perfektes Leben hat er eine Fantasiewelt geschaffen, an die er mittlerweile sogar selbst glaubt. Nur, dass es nicht lange dauert, bis alles in sich zusammenfällt, all seine hübschen Lügen kommen ans Licht und nur sein größter Rivale sieht durch seinen Schmerz hindurch und steht zu ihm.

Kämpfen ist einfach, Freundschaft ist schwierig, aber Liebe ist alles.

Eine Coming of Age Liebesgeschichte mit High School, Hockey-Rivalitäten, Freundschaft, Familie und Coming out.

Sorens Welt verändert sich auf einen Schlag, als er und sein jüngerer Bruder von Hockey-Adel adoptiert werden. Sein neues Leben zu begreifen, ist schwer genug, doch als er in einer Privatschule angemeldet wird, bedeutet das, dass er sich einer ganzen Reihe neuer Probleme stellen muss. Durch Freundschaften, Familie und Hockey zu navigieren ist eine Sache, aber sich zu dem Jungen hingezogen zu fühlen, der ihm auf die Nerven geht, ist eine ganz andere.

Felix muss einen Ruf schützen. Er ist der Junge, der alles zu haben scheint, aber Äußerlichkeiten können täuschen. Mit seinen Lügen über sein perfektes Leben hat er eine Fantasiewelt geschaffen, an die er mittlerweile sogar selbst glaubt. Nur, dass es nicht lange dauert, bis alles in sich zusammenfällt, all seine hübschen Lügen kommen ans Licht und nur sein größter Rivale sieht durch seinen Schmerz hindurch und steht zu ihm.

Kämpfen ist einfach, Freundschaft ist schwierig, aber Liebe ist alles.

Weitere Bücher von RJ Scott

Für eine vollständige Liste der Ebooks und Links scanne
bitte den Code oben oder besuche rjscott.co.uk/buchliste

Weitere Bücher von V.L. Locey

Für eine vollständige Liste der Ebooks und Links scanne
bitte den Code oben oder besuche vllocey.com/deutsche

Lernt RJ Scott kennen

RJ Scott ist die Bestsellerautorin von über hundert Gay Romance Büchern. Sie schreibt emotionale Geschichten mit komplizierten Charakteren, Cowboys, alleinerziehenden Vätern, Hockeyspielern, Millionären, Prinzen und den Männern, die sie lieben.

Sie lebt etwas außerhalb von London und verbringt jede wache Minute, die sie nicht mit ihrer Familie zusammen ist, damit, zu lesen oder zu schreiben. Das letzte Mal, als sie eine Woche Pause vom Schreiben hatte, hat es ihr gar nicht gefallen. Und sie ist bis heute auf der Suche nach der Tafel Schokolade, der sie nicht gewachsen ist.

www.rjscott.co.uk / rj@rjscott.co.uk

Newsletter - rjscott.co.uk/de

instagram.com/rjscott_author

amazon.com/author/rj-scott

bookbub.com/authors/rj-scott

patreon.com/RJScott

Lernt V.L. Locey kennen

V.L. Locey liebt abgetragene Jeans, Yoga, aus vollem Herzen zu lachen, spazieren zu gehen, lesen und Geschichten voller Lust zu schreiben, griechische Mythologie, die New York Rangers, Comicbücher und Kaffee. (Nicht unbedingt in dieser Reihenfolge.) Sie lebt mit ihrem Ehemann, ihrer Tochter, einem Hund, zwei Katzen, einer Gruppe Hühner und zwei Jersey-Rindern zusammen.

Wenn sie keine peppigen Geschichten schreibt, genießt sie es, den Tag mit ihren Tieren in den sanft abfallenden Hügeln von Pennsylvania zu verbringen, mit einer frischen Tasse Kaffee in der Hand. Sie kann auch online auf Facebook, Twitter, Pinterest und Goodreads gefunden werden.

Webseite: vlloceyauthor.com

facebook.com/124405447678452

x.com/vllocey

instagram.com/vl_locey

bookbub.com/authors/v-l-locey

goodreads.com/vllocey

pinterest.com/vllocey

amazon.com/author/vllocey